COLLECTION FOLIO

René Frégni

Où se perdent les hommes

Denoël

© *Éditions Denoël*, 1996.

René Frégni est né le 8 juillet 1947 à Marseille. Après des études brèves et un tumultueux passage à l'armée, il vit pendant cinq ans à l'étranger sous une fausse identité. De retour en France, il travaille durant sept ans comme infirmier dans un hôpital psychiatrique. Il fait ensuite du café-théâtre et exerce divers métiers pour survivre et écrire.

Depuis plusieurs années, il anime des ateliers d'écriture dans la prison d'Aix-en-Provence et celle des Baumettes.

Il a reçu en 1989 le prix Populiste pour son roman *Les chemins noirs* (Folio nº 2361), en 1992, le prix spécial du jury du Levant et le prix Cino-del-Duca pour *Les nuits d'Alice* (Folio nº 2624) et, en 1998, le prix Paul-Léautaud pour *Elle danse dans le noir*.

À l'homme qui séjourna tant d'années dans la cellule C 318, et dont le numéro d'écrou 26966 S hantera sans répit le temps qui me reste à vivre.

PREMIÈRE PARTIE

Comme tous les jeudis soir depuis bientôt trois ans, j'ai longé ce couloir souterrain, franchi deux grilles et quatre portes blindées sous l'œil des caméras de surveillance, et je me suis retrouvé brutalement de l'autre côté des murs, aveuglé par un soleil qui m'a paru encore très haut.

Mars venait de commencer. À peine deux mois plus tôt, la nuit m'attendait là et la lumière orange des projecteurs qui dominent les hauts murs d'enceinte.

Par une autre porte en fer, un peu plus loin, des familles ont surgi sur le parking, elles revenaient des derniers parloirs de la journée, moins bruyantes que celles que j'avais vues le matin attendre qu'un gardien leur permette d'entrer en file indienne dans ce monde étrange. Mes yeux ont été attirés par quelques femmes jeunes, déjà en robe d'été ou en T-shirt léger, elles ne semblaient pas tristes, seulement rêveuses. Je me suis demandé comment des hommes pouvaient regagner leur cellule pendant des années en laissant repartir vers la ville des femmes seules et aussi belles.

Je suis monté dans ma voiture et, avant de mettre le contact, j'ai longtemps observé cette forteresse de béton où le printemps parviendrait à pénétrer par quelques brins d'herbe ou un bouquet de pâquerettes.

En trois ans je n'ai jamais pu m'élancer directement sur l'autoroute, il faut que je reste là un moment, comme recueilli sous cette falaise grise derrière laquelle huit cents hommes regardent vers le ciel tourner les saisons.

Depuis mon enfance, je peux bien l'avouer, l'endroit au monde qui me hante le plus est la prison, elle m'attire et me terrorise ; du plus loin que je me souvienne j'ai associé ce mot à ceux de caveau, cercueil et cimetière. C'est sans doute pour cela que j'ai demandé d'y travailler, je pensais que de franchir ces murs une fois par semaine me permettrait de les apprivoiser, j'aimerais dire « de les corrompre ». Aujourd'hui je sais qu'il n'en est rien, on n'apprivoise pas la mort.

J'aurais voulu être écrivain, parler de toutes ces choses qui m'ont toujours troublé ; malheureusement ça n'a pas marché, les manuscrits que j'ai envoyés par la poste m'ont été retournés, refusés par les éditeurs.

Je me contente donc de faire écrire les autres, une quinzaine de détenus de la maison d'arrêt. Peut-être que l'un d'entre eux, au fil du temps, deviendra poète ou romancier, ils le méritent tous tant est profonde leur solitude et émouvant l'écho lointain qui leur parvient de chaque mot. De cette réussite je ne serai jamais jaloux, elle sera tout entière tirée de la souffrance.

À l'instant où il embrasait la fuite des collines, le soleil a frappé de ses derniers rayons l'un des deux miradors, faisant exploser ses vitres pare-balles. Pour la première fois depuis longtemps, j'ai senti dans mon ventre les appels du printemps et je savais que, derrière ce mur, à quelques mètres de là, des centaines d'hommes venaient de recevoir comme moi le premier vacarme des beaux jours.

J'ai tourné la clef de contact et enclenché la seule cassette que j'aime écouter en roulant. J'ai bondi sur l'autoroute avec la voix de Jessie Norman.

C'est Laura qui m'a enregistré cette cassette juste avant notre séparation. Cela explique peut-être la passion exclusive que j'entretiens avec cette voix. Je ne l'écoute nulle part ailleurs que dans ma voiture, mais dès que je démarre elle emplit de sa beauté le petit cocon rassurant. Parfois la nuit, il m'arrive d'être réveillé en sursaut par une violente angoisse ; je ne connais qu'un seul remède : je me rhabille et je descends m'installer dans ma voiture. Je peux rouler des heures au hasard des routes obscures en écoutant Jessie Norman chanter l'*Ave Maria* de Schubert. N'allez pas croire que je sois un mélomane, pas du tout, je ne connais presque rien à la musique, surtout celle-là. Je ne sais pas ce qui s'est passé, dès que j'ai entendu chanter cette femme quelque chose en moi s'est ouvert. Lorsque je roule seul sous la nuit, j'ai la sensation qu'elle est près de moi, elle me berce, m'enveloppe et m'emporte vers des territoires de sommeil et d'enfance. Quand mes yeux se ferment je me gare au bord d'une route déserte et je m'endors sous la caresse de sa voix.

Depuis un an que Laura m'a quitté je n'ai jamais pu m'habituer au silence de l'appartement, surtout lorsque je rentre le soir ; il me semble que son sourire m'attend dans une pièce et je n'ai sur les lèvres que son prénom.

Elle n'a emporté que trois sacs de vêtements, rien d'autre n'a bougé : ses bibelots, les meubles que nous avions achetés chez Emmaüs, qu'elle avait elle-même repeints, ses sous-verres avec des chats sur la commode de notre chambre, je dis notre chambre parce que je n'ai pas pu m'habituer non plus à dormir seul après dix ans de nuits contre sa peau.

Tout est là, intact, mais sans vie. Pourtant elle n'est pas partie loin, elle a ouvert avec sa meilleure amie un petit restaurant exotique à deux pas d'ici, *Le Piment-Café*. C'est moi qui avais trouvé le nom, je m'en mords les doigts.

Quand j'ai trop envie de voir Laura je vais y manger le plat du jour ; elle ne me fait pas payer et je n'arrive pas à savoir si c'est encore un peu de tendresse ou pour que je n'ose pas revenir trop souvent. Elle habite juste au-dessus du *Piment-Café* avec son amie. Elle a peut-être l'impression que je surveille sa vie.

Elle n'a pas tout à fait tort, de la fenêtre de notre chambre mon regard prend en enfilade une ruelle qui débouche sur la place où se trouve le restaurant. Dès la belle saison elles installent sous les platanes des tables et des fauteuils d'osier bleu. Par la trouée de la ruelle je vois passer et repasser Laura.

Le jour où elle est partie j'étais si démoli que j'ai acheté chez l'opticien de mon quartier de puissantes jumelles. Comme c'était le printemps je restais des heures derrière ma fenêtre à la regarder aller, venir et sourire ; ses bras, ses jambes et son visage chaque jour un peu plus dorés. À travers mes jumelles, je voyais son bonheur aussi précisément que s'il avait été dans la chambre mais il était là-bas et je devinais dans les yeux des clients qu'elle frôlait une lumière qui m'était très cruelle.

Je suis convaincu que, si j'avais pu devenir écrivain et que l'on voie mes livres dans toutes les librairies et parfois même en vitrine, Laura ne m'aurait pas quitté. Je ne veux pas dire que, pour elle, seule compte la réussite, non, c'est même tout à fait le contraire, sinon elle ne serait pas en train de servir des plats du jour alors qu'elle possède des diplômes d'anglais et d'espagnol, mais combien de fois ne m'a-t-elle pas répété au moment où elle franchissait la porte pour aller respirer les rues propres du matin :

« Mais nom de Dieu, Ralph, vas-tu passer ta vie

dans cette chambre, la fenêtre fermée, plié en deux à écrire des trucs qui n'intéressent personne ! Et pour cause : tu veux raconter le monde mais tu ne le connais même pas, il te fait peur ! Sors, va faire du sport, trouve un métier qui en soit un. Tu vas avoir quarante ans et où sont passés tes muscles ? Tu as vu ton ventre dans la glace ? »

Depuis quelque temps pour trouver le sommeil je fouille les ténèbres de la ville avec mes jumelles, à la recherche des fenêtres qui restent éclairées longtemps dans la nuit. Je découvre des choses passionnantes que je note scrupuleusement dans un carnet que j'ai intitulé « Vols de nuit ».

Je ne m'endors pas pour autant. Parfois je tourne et me retourne dans mon lit jusqu'à trois heures du matin. À ce moment de la nuit mes pensées vont souvent vers la prison. Que font les détenus avec qui j'ai parlé dans la journée, échangé des émotions, des désirs, des doutes ; où vont-ils chercher le sommeil, eux qui n'ont pour lendemain que les grilles d'une cour ? Rêve-t-on encore de femmes après plusieurs années ?

Dans mon groupe d'écriture certains ne font que passer, ce sont les courtes peines qui sont là presque par hasard : un éducateur qui s'est laissé tenter par une adolescente, un employé de banque qui a glissé dans sa poche une liasse de billets, quelques faux dollars achetés à la terrasse d'un café à cause du rouge d'une Ferrari garée à côté. Tous reprennent leur vie quelques mois plus tard. Un goût d'effroi dans la bouche, les yeux définitivement marqués par l'ombre de quatre barreaux, ils disparaissent dans la brume d'une existence frileuse.

Ceux à qui je pense surtout sont là pour de longues années, eux je les connais mieux. De jeudi en jeudi ils m'ont observé, questionné, lentement la confiance est venue ; maintenant ils m'attendent aussi impatiemment qu'un membre de leur famille au parloir, quand ils en ont encore et qu'elle ne s'est pas lassée de venir là chaque semaine depuis si longtemps.

Beaucoup sont de vrais voyous mais ce n'est pas à moi de les juger, ce sont des enfants dangereux qui ont choisi le luxe, le risque et la souffrance. Je dis enfants parce que eux seuls propulsent leur destin sur des terres d'aventure. Faux-monnayeurs, braqueurs de banques, fourgons et trains postaux, trafiquants de haute mer, ils courent sur des ponts d'or vers la balle de gros calibre ou le mirador. Ni pires ni meilleurs que nous tous, leurs yeux sont aveuglés de violence et de rêve. Ils sont nés dans un monde sans beauté.

Deux ou trois d'entre eux sont devenus mes amis, je les retrouve dans la bibliothèque de la prison comme dans l'arrière-salle d'un bar, ils peuvent compter sur moi et je me dis que ma vie est si précaire qu'un jour peut-être je compterai sur eux.

Toutefois aucun ne m'a demandé jusque-là de lui faire entrer discrètement une lime ou un revolver. Cela d'ailleurs serait impossible. Tout le monde doit franchir un portique anti-métal qui détecte même les baleines de soutien-gorge. J'ai vu des femmes être obligées de se dévêtir presque entièrement ; à chaque vêtement en moins elles repassent sous le portique jusqu'à ce que la sonnerie se taise. Cela peut devenir très grave et pourtant on a l'impression d'un jeu de plus en plus coquin. Ce sont les menus avantages colorés de la terne vie des surveillants, je les comprends. Je me débrouille souvent pour franchir le portique derrière une belle silhouette au cas où ça sonnerait.

Y a-t-il une grande différence entre nos vies, je veux parler de celle des détenus et de la mienne ? Je dors seul, je prends mes repas seul, aucune brillante carrière ne m'attend. Que me manque-t-il pour être comme eux ? Un peu de courage physique ? Les murs de la prison je les porte en moi depuis toujours, et lorsque je descends dans la ville boire un café, acheter le journal ou marcher sans fin dans les rues, je n'existe pas plus pour les autres que si j'étais englouti dans le plus lointain cachot.

C'est même tout le contraire, il n'y a que là-bas que je sois attendu, et un prisonnier m'a dit un jour en me serrant la main : « Je suis si content quand tu arrives, tu sens la forêt, la femme et la voiture. » Personne ne m'a dit une chose pareille dans la rue, comme si libres les gens ne sentaient rien.

Depuis quelque temps je suis très intrigué par l'un d'entre eux. Il est apparu un jeudi dans la bibliothèque, s'est assis à l'une des deux tables que nous rapprochons, mais un peu en retrait du groupe. Le directeur avait fait ajouter son nom au bas de la liste que je dois pouvoir présenter aux surveillants : Gabriel Bove, cellule 318, numéro d'écrou : 26966 S. Grâce au numéro d'écrou j'ai su qu'il était détenu depuis au moins trois ans. Je lui ai souhaité la bienvenue parmi nous et je lui ai demandé pourquoi il avait eu envie soudain de participer à cette activité. Il a répondu en bredouillant : « Je ne sais pas, pour voir... »

Pendant plus d'un mois il n'a plus rien dit. Il se posait immanquablement à la même place, raide, un peu à l'écart, et durant trois heures, sans remuer d'un pouce, il écoutait les autres lire leurs textes, les commenter, lancer une plaisanterie puis éclater de rire. Discrètement je l'observais, pas une seule fois il n'a ri. Ce n'était, j'en étais sûr, ni prétention ni mépris, je le sentais très attentif, tendu. Je voyais à son regard qu'il accordait à chaque mot une valeur exceptionnelle. Ses yeux étaient clairs, métalliques et cependant très doux. Eux seuls vivaient dans un visage blême et transparent où la peau, si fine par endroits, devenait bleue.

Il arrive invariablement habillé de gris de la tête aux pieds. Tous ses vêtements ont dû être noirs un jour, les multiples lavages les ont amenés lentement vers la couleur de ses yeux.

Cet homme de trente-cinq ans est gris. Pourtant quelle est la femme ou même l'homme qui ne le trouverait pas beau ?

Je n'ai pas le droit d'aller au greffe où se trouve, sous clef, l'histoire de chaque détenu : l'arrestation, l'enquête, le procès, les expertises psychiatriques. Tout cela est tenu secret et c'est normal.

Ma curiosité est telle autour de ce personnage silencieux et gris qu'en buvant le café avec Nathalie, l'une des trois assistantes sociales de la maison d'arrêt, j'ai su qu'il avait été condamné à dix-huit ans de prison ferme pour le meurtre de sa femme. Elle m'a dit qu'il avait peu bénéficié des circonstances atténuantes que l'on accorde souvent aux crimes passionnels. J'ai trouvé la peine très lourde. Qui peut bien décider où commence et où s'arrête une passion ? Et la passion de l'argent, n'en est-ce pas une ? Le soir même j'ai cherché dans le Petit Robert. Passion vient du latin *passio* qui veut dire « souffrance ». Pour les jurés cet homme a assassiné sa femme sans souffrir.

Depuis je l'observe encore plus minutieusement, j'ai l'impression que de nous tous c'est lui qui souffre le plus.

Souvent le jeudi à midi je mange au mess de la prison avec les surveillants, la cuisine est correcte et je ne paye comme eux que dix-huit francs. Aujourd'hui j'y ai appris une chose extraordinaire.

Je venais de poser mon plateau sur la table quand j'ai aperçu Orsini, il cherchait une place, je lui ai fait signe. Son visage s'est éclairé et il est venu s'installer juste en face de moi. C'est le surveillant-chef du bâtiment B. Des trois bâtiments de la prison, celui-ci est le plus difficile, c'est-à-dire le plus dangereux. C'est là que se trouvent le quartier disciplinaire et celui d'isolement. En un mot tous les détenus particulièrement surveillés, les D.P.S. comme on dit ici.

Orsini n'est pas un mauvais bougre, il adore l'ordre et comme tous les Corses, bien entendu, son île avant tout. Il m'aime bien depuis qu'il a appris que ma famille était originaire d'Orezza, lui est de la Balagne. Dès qu'il m'aperçoit, il se croit en Corse et il démarre au quart de tour. J'aime son accent, il me rappelle mon enfance.

Je l'ai souvent surpris dans les couloirs en train de parler corse avec des détenus ; il y met une telle passion que ça me fait sourire, on sent tellement qu'il préfère cela à la langue française avec d'autres surveillants. Dès qu'il a huit jours il prend l'avion ou le bateau pour aller pêcher et chasser, selon la saison. L'hiver dernier il m'a rapporté un bon mètre de figatelli.

Nous avons bavardé un moment des derniers événements liés aux nationalistes et à la réorganisation du milieu, puis je lui ai demandé :

« Au fait, Antoine (quand je l'appelle Antoine ses yeux s'emplissent de lumière ; ici tout le monde lui dit « Chef » ou « Orsini »), Gabriel Bove est bien dans ton bâtiment ? »

Toute lumière s'est retirée de son visage, comme si je l'avais brutalement réveillé.

« Oui, pourquoi ?

— Parce qu'il vient depuis quelques mois à mon atelier d'écriture et pas moyen de lui tirer un seul mot ; comment t'expliquer... C'est comme s'il n'était pas là et pourtant je ne vois que lui. »

Orsini s'est bien carré sur sa chaise, il a relevé sa main gauche et ses sourcils en hochant longuement la tête, il a marqué un grand silence, ce qui signifie chez les Corses qu'ils méditent et font un peu languir l'auditoire afin que l'histoire n'en ait que plus de force. J'ai vu exactement mon grand-père.

« Laisse-moi te dire, mon pauvre, que tu as tiré le bon numéro... Cet homme n'est pas bizarre, il est complètement fou !... En vingt-deux ans de pénitentiaire dont près de quinze aux Baumettes, tu peux me croire, j'en ai vu de toutes les couleurs, mais des phénomènes tels que celui-là, jamais ! Ah ! pour être connu, il est connu, depuis trois ans qu'il est au B je ne l'ai pas vu une seule fois adresser la parole à quiconque, ni aux détenus ni à nous autres... Et veux-tu que je te dise ce qu'il fait de ses journées ?... Il les passe dans sa cellule avec sa femme qu'il a assassinée !... Attention, je ne veux pas dire qu'il pense à elle, non, il vit avec elle ! C'est la seule personne avec qui il discute jour et nuit. Tu parles si on l'a à l'œil depuis qu'on a compris son manège. Même ses repas il les partage avec elle. Il met deux couverts, deux assiettes, deux verres et, tu vas rire, je l'ai vu moi-même par le judas, il lui donne les meilleurs morceaux ; comme elle est gourmande, il ne mange jamais son dessert... »

Orsini a marqué un nouveau silence, tout en hochant encore la tête il cherchait dans mes yeux l'effet qu'il venait de produire. Il ne m'a pas laissé respirer.

« Les autres attendent tous l'ouverture des portes pour descendre en promenade. Eh bien, lui n'a jamais mis les pieds dans la cour... Trois ans sans voir une seule fois le soleil autrement qu'à travers des barreaux !... Tu as vu son visage ? On dirait un mort. Je crois simplement qu'il a peur des autres, il a peur qu'on n'abuse de sa femme. Il attend que tout le monde soit en promenade pour l'accompagner à la douche. Un collègue les a entendus parler, enfin lui : "Veux-tu que je te savonne le dos, Mathilde ?" Texto ce qu'il a dit... Non, je me demande un peu ce que les psychiatres ont dans la tête, dix années d'études pour en arriver là ! Ce type n'est pas à sa place ici, il devrait être à l'asile, eh bien non, ils l'ont jugé normal... Enfin je ne sais pas, toi qui lis beaucoup, tu trouves ça normal ? »

Je n'ai pas su que dire tant j'étais interloqué, j'ai demandé :

« Et s'il jouait la comédie ? »

Il a cessé brusquement de hocher la tête, a pointé son index sur moi comme s'il allait tirer.

« C'est ce que j'ai cru pendant au moins un an, parce que j'en ai vu des durs s'accrocher à leur cirque pour échapper à des années de gamelle. Personne ne peut tenir aussi longtemps. Le soleil, Ralph, c'est plus fort que tout, on ne peut pas rester trois ans sans le voir. »

À deux heures, par le long couloir sans fenêtres semblable à un souterrain j'ai rejoint la bibliothèque ; les détenus sont arrivés peu après par petits groupes des trois bâtiments, nous avons rapproché les deux tables et nous nous sommes installés.

D'ordinaire, ils se lancent très vite dans la lecture des pages pleines d'émotion qu'ils ont écrites en cellule durant le week-end. Ces deux jours sont les plus durs de la semaine, il n'y a ni avocats, ni parloirs, ni courrier. Rien pour écarter le silence immobile des miradors. Écrire les aide à oublier ces longues heures blanches.

Ils ont commencé à parler fiévreusement de leurs affaires, des remises de peine qui risquaient d'être amputées parce que certains d'entre eux avaient refusé de réintégrer les cellules après la promenade ; d'une balance qui s'était fait défigurer la veille dans l'escalier par ses anciens complices, parvenus à couper l'électricité afin que les surveillants ne reconnaissent personne.

Bref, je les sentais nerveux. Ils fumaient plus que d'habitude, se levaient sans cesse pour jeter un coup d'œil dans la cour, puis par-delà les hauts murs sur des champs qui courent vers le ciel sous leur jeune verdure. Une force étrange assiégeait la prison, une odeur d'herbe et de terre chauffée au soleil, une certaine lumière. Le printemps était partout. Tout semblait possible.

Se rendent-ils compte de cette force immense qui les transforme, eux qui nuit et jour ne se quittent jamais. Moi qui ne les ai pas vus depuis une semaine, cela m'a frappé. L'un d'eux m'a demandé au milieu du brouhaha :

« Et sur le port, Ralph, il y a du monde aux terrasses ? Et les femmes, qu'est-ce qu'elles font ? »

Le silence a été soudain. Toutes les têtes se sont tournées vers moi.

Ça n'a l'air de rien mais c'est une lourde responsabilité que de devoir rendre compte à ces hommes de la beauté des femmes, de leur grâce déjà dévoilée et du gigantesque désir qui soulève une ville vers la mi-mars.

Je n'ai pas essayé de leur mentir, je leur ai longuement parlé de la ville et, au lieu d'apercevoir dans leurs yeux des éclats de haine, je n'y ai trouvé qu'une profonde gratitude. Je ne l'ai pas montré mais j'étais très ému.

Tout en parlant j'observais Bove à l'écart du groupe, lui aussi m'écoutait mais ses yeux ne semblaient pas avoir changé de saison, ils demeuraient métalliques et doux et fixaient un monde qui n'est pas le nôtre. Peut-on être à ce point aussi loin du printemps ? Orsini a sans doute raison, cet homme est devenu fou.

Durant tout le reste de l'après-midi nous n'avons évoqué que les femmes, chacun avait ses souvenirs, rarement je les avais vus aussi surexcités. J'écoutais et riais avec eux, mais j'étais obsédé par les révélations qu'Orsini m'avait faites sur cet homme. Trois ans dans une cellule et un couloir, seul avec une morte...

Quand le surveillant a ouvert la porte en criant « Terminé ! », tout le monde est tombé de la lune. Nous n'avions pas vu filer l'après-midi.

Glisser sur une autoroute accompagné par la voix de Jessie Norman, un soir de printemps, procure une sensation de liberté qu'il est difficile de décrire tant elle est délicate ; y foncer lorsque l'on vient de franchir les portes d'une prison est presque insoutenable. On voit défiler les prés, les collines, le ciel, les toitures, les rivières, et chaque chose tire de la prison une fraîcheur, une fragilité qu'on ne lui aurait jamais accordées jusque-là.

De somptueuses voitures me dépassent et disparaissent dans le silence de l'horizon, me laissant un peu du luxe de leur cuir et de leur élégance, comme si chacune m'appartenait après m'avoir frôlé.

Ce que je dis là est très égoïste, c'est comme ça, qui n'y succomberait pas après l'odeur de souffrance, de soupe et de désinfectant qui imprègne jusqu'au sommeil des hommes dans ces longs corridors où claque le métal.

Une lettre m'attendait dans la boîte. Mon cœur s'est arrêté, comme chaque fois que je lis sur l'enveloppe le nom d'un éditeur. Il y a plus de deux mois que je n'en ai pas reçu. Dès qu'un manuscrit m'est retourné par la poste je le renvoie le jour même à un nouvel éditeur. Un écrivain m'a dit, sans doute pour se débarrasser de moi : « Il y a trois cent cinquante éditeurs en France, ne perdez pas courage, persévérez ! »

Je n'ai ouvert l'enveloppe qu'une fois installé à la table de ma cuisine et après avoir bu plusieurs verres d'eau. J'ai pu ainsi avoir l'illusion d'être enfin un écrivain le temps de monter les quatre étages.

Malheureusement le mot « regret » m'a sauté au visage. Je n'ai pas voulu en savoir plus, j'ai jeté la feuille par terre. J'en ai tellement reçu de ces imprimés que je peux les réciter par cœur.

J'ai allumé la télé et j'ai oublié aussitôt cette lettre parce que je savais qu'à huit heures et demie il y avait un match O.M.-MONACO.

Voici une chose que je n'arrive pas réellement à m'expliquer, quand je regarde jouer l'O.M. J'oublie tout. Pourtant il n'en a pas toujours été ainsi, c'est même tout le contraire. Jusqu'à la mort de ma mère je n'ai jamais pu regarder du foot à la télé, je n'y trouvais aucun intérêt, je ne comprenais pas que des millions de gens puissent se passionner pour vingt types courant derrière un petit point blanc. On m'aurait offert un billet pour les meilleures tribunes, je ne me serais même pas déplacé.

Durant les six mois qui ont suivi la mort de ma mère j'ai été très angoissé. Pas une seule minute je n'ai pu penser à autre chose qu'à elle. Cela me paraissait tellement impossible qu'elle ait pu m'abandonner que je passais mes journées à marcher dans les rues, et j'étais certain que j'allais la rencontrer, ses commissions à la main, si heureuse de m'embrasser. Tous les soirs pour m'endormir je croquais un demi-Lexomil, ce qui ne m'empêchait pas d'avaler l'autre moitié un peu plus tard parce que son visage m'avait réveillé. Chaque fois que le téléphone sonnait je me disais : Ah ! C'est maman.

Et puis un soir j'ai allumé la télé, un match allait débuter, je n'ai même pas eu la force de changer de chaîne. Dans les tribunes c'était la folie, le public était blanc et bleu, l'O.M. entrait sur la pelouse. L'arbitre a donné le coup d'envoi et la lutte a commencé. Je ne pourrais pas expliquer alors ce qui s'est passé, pendant une heure et demie qu'ont duré les deux mi-temps, je suis resté rivé à mon poste sans respirer. Lorsque le même arbitre a sifflé la fin du match, tout mon corps était moite, les paumes de mes mains trempées. J'étais comme drogué. Pendant ces quatre-vingt-dix minutes extraordinaires, pas une seule fois je n'avais pensé à ma mère. Que m'était-il arrivé ?

J'ai souvent repensé à cette soirée où j'avais brutalement replongé dans ma lointaine enfance et retrouvé le garçonnet qui courait sur les stades. Tout m'est revenu, l'entraînement du jeudi, le petit car qui nous conduisait le dimanche aux quatre coins de Marseille disputer des coupes aux gamins rouges, jaunes ou bleus de toutes les banlieues, l'odeur de transpiration, d'herbe et de boue des vestiaires. Et ce but fantastique que j'avais marqué à Cassis. Sans le faire exprès mon pied avait percuté de plein fouet le ballon que je n'avais pas vu venir alors que je courais, et à plus de vingt mètres celui-ci était arrivé comme un obus dans l'angle le plus inatteignable de la cage. Le stade avait explosé. « Le plus beau but de la saison », avait-on dit, et moi je n'avais rien ajouté pour pouvoir passer de l'équipe poussins à celle des minimes.

Une fois de plus la magie du stade a opéré. J'étais emporté par la fièvre, les tambours, les sifflets, emporté par cette immense déferlante bleu et blanc qui roule dans les tribunes, « la hola ».

Je dois dire cependant que ce n'est pas par chauvinisme que j'en arrive là, non, mon soutien aveugle n'est que tendresse ; Marseille est la ville de ma mère, celle où elle m'a donné le jour, la ville où malgré tout nous avons eu de bons moments comme elle m'a dit juste avant de s'éteindre. Quand l'O.M. gagne j'ai l'impression que ma mère retrouve des forces, qu'elle se rapproche de moi.

Le lendemain j'ai eu envie d'aller déjeuner au *Piment-Café*, le soleil allumait tous les toits de la ville. Grâce à mes jumelles j'ai pu lire de la chambre le plat du jour : Escalope au bleu. Chaque matin, elles écrivent sur une ardoise le menu et elles installent le chevalet dans la partie de la place où débouche la ruelle.

J'ai dû aller chercher à l'intérieur du restaurant un petit guéridon, toutes les tables étaient déjà occupées. Entre midi et deux, les employés de bureau courent vers la lumière, ils sont heureux de découvrir leurs bras et de montrer leurs nouvelles paires de lunettes de soleil. On dirait qu'ils viennent tous à l'instant de tomber amoureux. Quarante-deux francs ce moment de bonheur et le plat du jour, ce n'est vraiment pas cher.

J'ai salué les habitués et j'ai dit à Laura que je n'étais pas pressé ; un collant multicolore emprisonnait au millimètre ses deux petites fesses rondes et dures. Je n'étais pas le seul à les avoir remarquées. Je commence à m'y habituer. Pas à la beauté de ses fesses, à cela je ne m'y habituerai jamais, à ne pas être le seul à les remarquer.

À regret les tables se sont vidées et chacun est reparti en traînant les pieds vers les rues d'ombre. Laura est venue s'asseoir près de moi, une tasse de café à la main.

« Ouf ! a-t-elle soufflé. Quelle chaleur ! Nous ne pourrons jamais tenir cet été, tu as vu les platanes ? Ils les ont beaucoup trop taillés, ils ne feront presque plus d'ombre cette année. Je crois que nous allons être obligées de tendre une toile entre les arbres, sous les parasols les gens vont étouffer. »

Elle s'est interrompue puis m'a demandé : « Pourquoi souris-tu ?

— Parce que tes fesses sont de plus en plus inouïes. »

Elle a fait semblant de maugréer mais j'ai senti qu'elle n'était pas mécontente.

« Si tu faisais les kilomètres que je fais les bras chargés, tu les aurais aussi musclées que les miennes, je ne te dis pas comment sont mes jambes le soir... Et toi, des nouvelles des éditeurs ?

— Non, depuis deux ou trois mois, rien.

— Pas de nouvelles, bonnes nouvelles. Je suis convaincue que ça finira par marcher, tu aimes trop ce que tu fais. »

Croit-elle ce qu'elle dit ou essaie-t-elle de racheter le mal qu'elle m'a fait ?

« Tu lis quelque chose de bien en ce moment ? lui ai-je demandé.

— Plus une seule ligne. Quand arrive la belle saison, pendant six mois le soir je m'écroule sur mon lit. Tu te rends compte, moi qui lisais trois romans par semaine. »

Quand nous étions ensemble combien de fois ai-je souffert lorsqu'elle me disait : « Tu devrais lire ça, Ralph, c'est extraordinaire, celui qui a pu écrire ça est un grand écrivain ! »

Elle a bu une gorgée de café et m'a demandé d'une voix que j'ai trouvée très douce :

« Ton père, ça peut aller ?... Il tient le coup tout seul, là-bas ?... »

J'ai attendu trois heures, que la première épicerie ouvre, j'ai acheté une bouteille de Coca et je me suis dirigé vers la maison de retraite. Je n'aime pas du tout y aller, elle se trouve dans l'hôpital où ma mère est morte. Dès que je franchis les portes de verre je retrouve l'odeur. Chaque jour je me dis : J'irai demain. Je reste parfois trois semaines sans aller le voir.

Après le service de médecine puis les cuisines on débouche sur un couloir, c'est là. Tout au long de l'année des femmes échevelées attendent sur des chaises l'heure du repas, dans un vacarme de télévision et de cris. Elles appellent leur mère ou leur fils d'une voix si tragique que je me demande toujours où ceux-ci trouvent la force de ne pas rester là. D'autres encore plus vieilles mâchent dans les coins leur jeunesse et leurs joues, elles ont depuis dix ans les mains qui tremblent et les yeux sans couleur.

Dès que j'ai poussé la porte de sa chambre mon père a ouvert les siens. Le beau bleu limpide que j'aimais tant dans mon enfance s'est lui aussi lentement éteint.

« Ah ! C'est toi Ralph... C'est drôle, je savais que tu allais venir. »

Il était content de me voir, il souriait.

« Je te réveille, tu faisais la sieste ?

— Non, non, je ferme les yeux mais je ne dors pas, comment veux-tu que je dorme ? C'est pas une maison de retraite, c'est une maison de fous ! »

Je me suis assis près du lit, dans son fauteuil roulant, comme je le fais chaque fois que je le trouve couché, et comme chaque fois je lui ai dit :
« On est drôlement bien là-dedans.

— Oui, eh bien, prends un peu ma place ici, tu verras si on y est si bien que ça ! »

Ce sont toujours nos premières phrases depuis deux ans. Son voisin de chambre n'était pas là. Je lui ai demandé : « Et lui, comment ça va, il est un peu plus calme ?

— Plus calme ! Il faut que tu ailles voir la directrice pour qu'on le mette ailleurs, Je n'ai pas fermé l'œil de la nuit. Il a complètement perdu la boule ; c'est un ancien surveillant d'hôpital, tous les quarts d'heure il se lève pour faire sa ronde, il fait le tour des couloirs, éclaire toutes les chambres, je ne sais pas ce qu'il fabrique, il appelle sa femme tout le temps... Tiens, puisque tu es là, arrache le cordon de sa lampe, j'ai essayé, je n'y arrive pas. »

Comme je n'étais pas venu depuis longtemps je n'ai pas osé refuser, j'ai arraché le cordon et je l'ai mis dans ma poche. Mon père a ri avec la moitié de sa bouche, comme si nous venions de faire ensemble une grosse bêtise. Depuis son hémiplégie il rit et pleure pour n'importe quoi. Encore secoué de rires il m'a dit :

« Regarde dans sa table de nuit, il a du cognac, tous les jours j'en bois un peu, il est tellement cinglé qu'il croit que c'est lui. Dès qu'il n'y en a plus son fils lui en rapporte. »

Il ne pouvait plus s'arrêter de rire. J'ai pensé que ça lui faisait du bien. J'ai dévissé le bouchon de la bouteille de Coca, lui ne peut pas d'une seule main. Il n'en avait jamais bu de sa vie, depuis qu'il est ici il ne veut que ça.

Je l'ai aidé à s'installer dans son fauteuil roulant et je l'ai poussé jusqu'à la salle à manger. Je n'aime pas repartir en le laissant seul dans sa chambre.

« Tu joues un peu au Scrabble l'après-midi ou tu préfères regarder la télé ?

— Rien du tout ! m'a-t-il répondu en détournant la tête. J'attends le vendredi pour aller à la messe, chaque fois je dis une prière pour maman. »

Ça non plus il ne l'a jamais fait de sa vie. Quand j'entends le mot « Maman », ma gorge se serre d'un coup et comme les larmes sont tout de suite dans mes yeux je lui dis : « Bon, j'y vais vite, papa, je suis en retard, je reviendrai dimanche. »

Pour qu'il ne rencontre pas mes yeux, je l'embrasse sur le front et je file. Les siens aussi sont pleins de larmes.

Quand j'ai quitté la salle à manger une femme de service apportait des timbales et un pot en plastique rempli de sirop de menthe.

Dehors l'après-midi était encore très doux mais il avait beaucoup moins de lumière. Je me suis demandé ce que j'allais bien pouvoir faire jusqu'à ce qu'il soit l'heure d'aller se coucher dans cette ville où je n'ai plus personne.

Aujourd'hui encore j'ai replongé dans l'odeur de la prison. Elle n'est pas très éloignée de celle de l'hôpital, un peu moins d'antiseptique, mais soupe et douleur sont là.

Je leur ai trouvé à tous un visage très bronzé et je leur ai dit qu'à l'extérieur on n'en était pas encore là. Cela leur a fait plaisir et ils ont plaisanté sur le compte de tous ces braves gens qui travaillent à l'ombre pour leur offrir un aussi agréable séjour.

Nous allions repartir dans un après-midi bien de saison, gaillard et détendu, quand Bove a sorti de la poche de sa veste quelques feuilles de cahier pliées en huit. Son visage à lui n'avait rien perdu de sa blancheur cireuse.

« J'ai écrit quelque chose, a-t-il balbutié, cela ne vous dérange pas que... »

Si faible soit-elle, sa voix a installé d'un coup le silence ; et si j'avais cru jusque-là être le seul à m'intéresser discrètement à lui, je me suis aperçu que ces quelques mots étaient pour tous un événement. Cela m'a souvent frappé en prison, à force de solitude et de méditation les détenus remarquent tout sans en rien laisser paraître. Comme moi ils avaient observé Bove tout au long de nos séances passionnées ou bruyantes sans avoir besoin de le regarder.

De ses longues mains osseuses il a déplié les feuillets tremblants et s'est mis à lire.

C'était l'histoire bizarre d'un homme qui ne parvient pas, malgré tous ses efforts, à communiquer avec un escargot à travers un grillage. Je comprenais d'autant plus mal ce récit que presque toute mon attention était accaparée par les gestes saccadés de Bove en proie à une violente émotion. Il froissait les pages qui sans cesse s'échappaient de ses mains. On avait l'impression que ses doigts essayaient aussi de contenir sa voix. Il butait sur chaque phrase, s'étouffait, avalait de travers sa salive et cependant personne ne riait.

Une fois sa lecture terminée, il a levé vers nous des yeux qui attendaient une condamnation au moins égale à celle des jurés. J'aurais aimé lui demander de relire plus calmement, tant peu de choses me restaient de ce texte étrange, mais je n'ai pas osé passer pour un tortionnaire.

Nous avons commencé la discussion et je me suis aperçu de la qualité de concentration des détenus, bien supérieure à la mienne. Tout en observant cet homme se battre avec ses mots, pas un seul ne leur avait échappé. Chacune de leurs appréciations avait la précision et la sincérité d'une balle.

Bove vacillait. Pourtant il ne cherchait pas à se justifier, à défendre son récit, j'avais même la sensation qu'il était déjà passé à autre chose, que ces pages ne l'intéressaient plus. Plus je l'épiais, plus chacun de ses gestes, de ses expressions me faisait penser à quelqu'un que j'avais connu. Qui donc ?...

Une fois de plus cinq heures nous sont tombées dessus comme un marteau. Sans nous presser nous avons quitté la salle et rejoint le rond-point. Ce que l'on nomme rond-point est le centre exact de la prison, le carrefour qui distribue chaque bâtiment. Protégé par une cage de verre, un gardien verrouille et déverrouille les grilles en appuyant sur des boutons. Ici tout est électronique. C'est là que chaque jeudi nous nous quittons.

Je dois attendre que tous aient regagné la détention pour être autorisé à franchir ma grille. Ils me font avant de disparaître un petit signe amical. Ils savent que dans cinq minutes je serai dehors, et je lis sur leurs visages un certain trouble. Ému je le suis comme eux de les voir depuis des années se diriger vers sept mètres carrés d'implacable solitude.

Ce soir, il s'est passé quelque chose de stupéfiant. Au moment où nous nous séparions sur le rond-point, Bove a attendu que je sois seul devant ma grille, il a fait deux pas vers moi et m'a murmuré : « J'aimerais vous montrer quelque chose, c'est important... Pourriez-vous venir un jour dans ma cellule ? »

J'en suis resté muet.

Tout de suite j'ai pensé à Orsini. Je sais que le jeudi il finit à sept heures. Je me suis installé dans ma voiture et je l'ai attendu. Plusieurs fois la grande porte blindée s'est ouverte pour laisser entrer les fourgons cellulaires qui reviennent du palais. À travers les vitres grillagées je devinais des regards avides d'une dernière vision champêtre. Partout autour des murs de petits points d'or trouaient l'herbe et les routes brillaient.

Enfin il est apparu. Lorsqu'il quitte son uniforme il a tout du voyou : démarche, vêtements. C'est le cas chez beaucoup de surveillants. Ce doit être l'effet du cinéma, les héros sont toujours les détenus. Je comprends que les gardiens puissent en souffrir, ils sont censés défendre le bien et ils apparaissent ridicules, quand ce n'est pas sadiques.

Il était étonné de me voir là à cette heure.

« Un problème, Ralph ? »

Nous avons fait quelques pas ensemble sur le parking je lui ai raconté l'après-midi de Bove, sa lecture saccadée, ses premières paroles, l'étonnement de tous.

« C'est bizarre mais il fallait que ça arrive, il ne pouvait pas rester dix-huit ans comme ça, tu en verras d'autres, pas de quoi être tout retourné.

— Ce n'est pas ça, Antoine, il faut que tu me rendes un service. »

Il s'est arrêté.

« Moi ?

— Je crois qu'il a besoin de parler, de se confier. Il m'a demandé de venir le voir en cellule.

— En cellule ? Mais il sait bien que c'est interdit, tu ne fais pas partie de la pénitentiaire, même les avocats n'ont pas le droit d'y aller, tu te rends compte si le directeur... »

Je l'ai interrompu.

« Dans ton bâtiment, le directeur c'est toi, Antoine, tu fais ce que tu veux. »

Je l'ai senti flatté et ennuyé.

« Ce que je veux, ce que je veux... C'est vite dit, des mouchards il y en a partout. »

Je n'ai pas pu m'empêcher de rire. Avec le col relevé de son blouson de cuir, son accent corse et sa crainte des mouchards, on aurait eu du mal à imaginer plus parfait truand. Je le lui ai dit et ça l'a fait sourire.

« Ce n'est qu'une question de circonstances tu sais, parfois je me demande. Quand on voit ce qu'on voit... Bon écoute, jeudi prochain, attends-moi au mess un peu avant midi, je t'accompagnerai, la détention est tranquille jusqu'à deux heures, pas de mouvements, très peu de surveillants. Seulement je t'avertis, je suis obligé de te boucler avec lui, pas possible de laisser la porte ouverte. C'est à tes risques et périls, s'il lui passe quoi que ce soit par la tête tu es fait comme un rat et moi avec.

— Merci, Antoine, il n'y a que toi qui pouvais faire ça.

— Tu as trouvé le mot pour me rassurer. »

Il a hoché la tête jusqu'à ce qu'il s'installe dans sa voiture, et je n'ai pas insisté, il n'attendait qu'une occasion pour regretter. Il n'y a qu'avec lui que je me sente corse, le reste du temps je n'y pense jamais.

J'ai passé la moitié de la semaine à taper à la machine des rapports psychiatriques que me donne un médecin qui consulte à la prison pour le ministère de la Justice. Il m'apporte régulièrement une pile de cassettes où il livre à haute voix ses diagnostics. C'est un travail guère payé, fastidieux, mais je peux m'y mettre à n'importe quelle heure du jour ou de la nuit.

L'autre moitié de la semaine, je l'ai consacrée à retravailler un roman que j'avais écrit peu après avoir rencontré Laura. Nous avions vécu plus d'une année dans un petit cabanon perdu sur les collines avec ce que nous avaient rapporté les vendanges et une ou deux enquêtes sociologiques. J'écrivais sur la terrasse, entouré des cris d'oiseaux qui venaient se disputer au-dessus de ma tête les dernières grappes de raisin ; un peu plus loin, étendue dans l'herbe, Laura lisait toute nue.

J'ai retrouvé dans ces lignes beaucoup de naïveté, de confiance et de bonheur. Avec le temps mon écriture s'est précisée, elle est plus sobre, plus adroite aussi. Ne lui manque-t-il pas un peu de cette insouciance qui faisait rouler nos jours ? Il y a combien de temps que je ne me suis pas réveillé à midi contre un corps de femme.

À ce travail j'y crois si peu que, toutes les heures, je descends boire un café et relire dix fois le même journal. Je ne suis pas retourné chez Laura afin qu'elle ne croie pas que je l'épie, je vais sur la petite place où donne l'autre façade de mon immeuble.

Chaque fois que je m'apprête à sortir je me dis : Côté *Piment-Café* ou côté *Barbotine*? *La Barbotine* est le seul café du quartier où l'on trouve *Le Monde.* J'aime autant *Le Provençal,* on y parle chaque jour de l'Olympique de Marseille sur une pleine page, avec les derniers rebondissements de cette équipe qui est un vrai roman.

Quand je n'ai pas la force de remonter parce que tout cela me semble absurde, je marche dans les rues. Ce matin je suis passé devant la maison où mes parents ont vécu longtemps. Souvent je me retrouve là sans y avoir pensé, mes jambes m'y ramènent par simple habitude. À l'instant où je débouchais dans leur rue, une femme s'est penchée à la fenêtre de leur ancienne cuisine pour tirer les volets. Pendant quelques secondes j'ai cru que c'était ma mère. Alors que je relevais les bras pour l'appeler je me suis souvenu, et j'ai continué ma route comme si de rien n'était, une boule dans la gorge.

Orsini devait être si inquiet que lorsque je suis arrivé au mess, pourtant très en avance, il était déjà là.

« Ah la la ! Je n'ai pas fermé l'œil de la nuit. Qu'est-ce que je suis allé te promettre ! Une folie !... Besoin de parler, besoin de parler... Il a quand même assassiné sa femme ! »

Nous avons traversé le dédale de la prison comme des voleurs. Pour la première fois de sa carrière les caméras le brûlaient. Afin de les oublier il marmonnait : « Tu vas voir dans quel état est sa cellule, trois ans sans donner un seul coup de balai. On l'a mis huit jours au cachot, tu parles, il ne s'en est même pas aperçu. Un dingue ! Je vais me retrouver aux ASSEDIC à cause d'un dingue... »

Lorsque nous avons franchi la dernière grille et sommes entrés dans le couloir de la détention, j'ai cru que la caméra lui tirait dans le dos tant il souffrait. J'étais trop tendu pour penser vraiment à lui.

Il a déverrouillé la cellule 318 et ouvert la porte. Bove, était debout, raide. Il nous fixait.

Orsini m'a presque poussé à l'intérieur. J'ai entendu aussitôt derrière moi la serrure métallique claquer.

Nous étions face à face ; lui tournait le dos aux quatre barreaux de la petite fenêtre. Dans le contre-jour son visage m'échappait. Je lui ai dit :

« Je vous dérange... Vous ne m'attendiez pas.

— Mais non, au contraire, c'est moi... Je suis si... »

Confus, ai-je pensé. Il ne savait plus où mettre son corps plus haut que le mien de dix bons centimètres et qui en paraissait bien davantage dans cette niche.

« Asseyez-vous... »

Il me montrait l'unique chaise, devant la planche fixée au mur sous la fenêtre qui servait d'étagère et de table.

« Et vous ?

— Oh, j'aime autant m'asseoir sur le lit. »

Je me suis assis, lui non. C'était sans doute la première fois qu'un homme entrait dans sa cellule autrement qu'en uniforme. Orsini n'avait pas exagéré, un doigt de poussière éteignait tout, comme si l'on avait jeté sur ce réduit un épais drap gris. Seul le passage le long du lit était propre à cause des millions de pas et la partie de la table qu'il devait utiliser. Je ne me souvenais pas avoir vu autant de poussière autre part que dans quelque maison depuis longtemps abandonnée. Lui vivait ici vingt-quatre heures sur vingt-quatre.

Nous avons entendu du bruit dans le couloir. Il m'a dit : « C'est le repas. » Quelques minutes plus tard la porte s'est ouverte, un détenu a tiré un plateau déjà garni d'un chariot à casiers, un autre y a ajouté le dessert : une ration de compote. Quelqu'un que je ne voyais pas a chuchoté : « Rajoutez-en une. » J'ai reconnu la voix d'Orsini. Il avait tenu à surveiller lui-même la distribution afin que personne ne me découvre. La porte s'est refermée.

Bove ne savait pas où déposer le plateau, je lui ai dit :

« Reprenez votre chaise, mangez tranquillement, je m'installe sur le lit.

— Je n'ai vraiment pas faim... À la rigueur la compote. »

J'ai voulu le mettre à l'aise.

« Je n'ai pas encore mangé, vous savez ce que nous allons faire ? On va partager. »

Un sourire a traversé ses yeux. Le premier que je surprenais depuis que je l'observais.

« Vous allez manger ça ?

— Et alors ? Si vous saviez ce que j'ai bouffé pendant dix ans... »

Comme ces coucous qui surgissent des pendules, le sourire est revenu.

« Je vais en prendre un peu dans mon assiette, vous garderez le plateau. »

Il s'est à peine servi et m'a tendu une fourchette et un tout petit couteau à bout rond. Lui aussi avait des couverts. Je me suis demandé brusquement lesquels étaient ceux de sa femme. Comment s'arrangeait-il avec ma présence alors qu'il prenait d'ordinaire tous ses repas avec elle ?

Il a dû sentir que quelque chose n'allait pas.

« Je n'ai mangé avec personne depuis plusieurs années, pourtant je ne suis jamais seul.

— Ah oui..., ai-je fait bêtement.

— Je vous remercie d'être venu. »

Il s'est agenouillé et a sorti de dessous son lit un rectangle de contre-plaqué. Il s'est redressé et gauchement me l'a présenté. C'était un tableau. Un portrait de femme. J'ai été violemment frappé par la grande beauté de ce visage. Les mains de Bove tremblaient.

« Je ne l'ai montré à personne.

— Pourquoi à moi ? »

Il a ouvert la bouche mais aucun son n'en est sorti.

C'était un visage très pâle sous une chevelure rouge. Un visage sans gaieté ni tendresse mais

d'une incroyable pureté. J'ai dit simplement :
« Qu'elle est belle... »

Les yeux de cette femme me déconcertaient, ils étaient sans regard, sans pupilles, comme tournés vers le monde des rêves, et cependant la beauté semblait venir de là. Il y avait dans cette absence de regard quelque chose d'irrésistible et d'inquiétant.

« C'est Mathilde, ma femme », a articulé Bove.

J'étais profondément troublé par ce portrait. Il a ajouté :

« Je n'avais que ça pour peindre, l'étagère de mon placard et quelques vieux tubes de couleur à moitié desséchés. »

Je lui ai confié : « Je ne vais pas souvent dans les musées et les galeries, je connais très mal la peinture et je ne me souviens pas avoir vu un visage aussi beau. »

J'étais sincère. Il s'est laissé tomber sur son lit.

« Je ne veux la montrer à personne, ils sont tellement vulgaires ici qu'ils la souilleraient. »

Soudain il s'est redressé et m'a fixé.

« Je n'ai jamais été aussi près de Mathilde que depuis le jour où je l'ai tuée. Vous n'imaginez pas ce que je peux l'aimer. »

Je n'ai rien trouvé à répondre tant il s'accrochait à mes yeux comme un homme au-dessus de l'abîme. Je lui ai dit :

« Si vous voulez je vous apporterai des tubes neufs et du papier, vous pourrez la peindre autant que vous voulez. »

Il s'est illuminé.

« Vous feriez ça ? »

Un brouhaha s'est propagé dans le couloir, c'était l'heure de la promenade et des activités. Nous n'avions rien mangé.

Orsini a ouvert la porte et nous nous sommes mêlés au flot de détenus qui descendaient dans la cour. Nous avons bifurqué tous les deux vers le rond-point puis la bibliothèque où quelques-uns nous attendaient déjà, le front collé aux barreaux de la petite fenêtre qui donne sur le greffe. À travers le treillis métallique, ils guettaient Mano qui allait être transféré en centrale pour une très longue peine. Je me suis joint à eux ; Mano vient à l'atelier d'écriture depuis plus d'un an. Le fenestron parvenait à peine à contenir la grappe que formaient nos têtes superposées.

Un ciel maussade s'accrochait aux serpentins de barbelés qui crêtent le sommet des murs, des papiers roulaient dans les cours.

Quand il est apparu entre deux gendarmes, poignets et chevilles entravés, tout le monde a hurlé : « Tiens bon, Mano ! On les aura ! »

Il a levé les yeux et a dû m'apercevoir malgré le grillage. Il a crié : « Ralph, téléphone à ma mère ce soir, qu'elle ne vienne pas au parloir de demain, elle ne sait pas que je pars ! » Les gendarmes l'ont poussé dans le fourgon et il s'est accroché à la portière pour ajouter : « J'ai laissé le numéro à Doumé, surtout n'oublie pas sinon elle prend le car pour rien ! »

Le surveillant qui avait entendu des cris est entré dans la pièce en râlant « Qu'est-ce que c'est que ce bordel ? ».

Nous avons pris une chaise chacun et nous nous sommes rapprochés des tables. J'ai remarqué qu'il me regardait avec insistance et dureté. Je suis responsable de cette activité, et il n'apprécie pas notre tutoiement et nos rires. Je le comprends, il y a entre nous une telle complicité, je dirais presque une telle amitié depuis trois ans, qu'il se méfie, il m'associe à eux et je sens qu'il aimerait mieux me fouiller quand j'arrive que me serrer la main.

Avec le départ de Mano et le ciel plus triste, je n'ai pas retrouvé l'excitation des semaines précédentes. Il y avait dans leur silence tout le poids de ces chevilles entravées qui avaient été et seraient un jour les leurs.

Bove n'avait pas participé au départ de Mano. Autant le regard hostile du surveillant m'embêtait, autant le sien me gênait. Lui aussi devait m'associer aux gestes quotidiens de cette prison qu'il trouvait vulgaires, à ces barreaux, aux cris de ces hommes d'un bâtiment à l'autre pour un paquet de cigarettes ou une tablette de chocolat, à ce perpétuel murmure d'affaires louches, de combines et d'avocats.

Il a attendu un moment les yeux baissés, ses longues mains mortes entre ses jambes, que les commentaires sur le transfert de Mano se tarissent, puis il a demandé timidement si cela n'ennuyait personne qu'il lise quelque chose.

Il a sorti de sa poche des feuilles aussi minutieusement pliées que la fois précédente et a commencé une lecture tout aussi trébuchante. L'histoire était encore plus étrange que celle de l'homme et de l'escargot.

Un autre homme qui fait une partie de flipper dans un bar. À mesure qu'il marque des points sur l'écran lumineux, ses doigts se détachent et tombent sur le sol.

Une histoire d'autant plus inquiétante et drôle qu'au fil de la lecture le visage de Bove se couvrait de sueur et de tics, comme si l'angoisse de cet homme qui s'en allait par morceaux avait été la sienne.

Puis l'homme rentre chez lui, ouvre avec peine un bocal rempli de liquide jaune, en tire une bouche et l'embrasse en murmurant : « Bonjour, ma tendre, ma douce amie. »

Tous les détenus qui jusque-là avaient pu se contenir tant bien que mal ont explosé de rire. Moi aussi. Bove fixait sur nous des yeux entièrement ahuris, la bouche entrouverte sur une phrase.

C'est à cet instant, secoué par le rire, que j'ai su à qui il me faisait penser depuis le jour où il était entré dans cette pièce, à un écrivain que j'avais vu plusieurs fois se noyer à la télévision et dont j'avais lu et relu tous les livres, tant chaque fois ils m'émouvaient.

Je retrouvais chez Bove la même inquiétude, le même regard farouche de timidité, le bredouillage, les phrases inachevées et ces longues mains blanches qui tentent d'aider les mots à sortir d'une gorge nouée.

Quand je suis monté sur l'échangeur jamais la mer ne m'avait paru si vaste, pourtant je la vois tous les jours depuis quarante ans. Le soleil allait disparaître derrière les îles du Frioul et la baie de sang venait poser ses lèvres contre la ville blanche.

Dès le lendemain je suis allé chez un marchand de couleurs. J'ai acheté une dizaine de tubes, deux pinceaux en soie et quelques cartons entoilés que m'a conseillés le vendeur. Il me regardait comme un débutant qui va tout abandonner le soir même et qui fait le difficile sur la qualité du poil.

Alors qu'il préparait le paquet j'ai pensé au portique anti-métal de la prison ; une fois à l'intérieur Orsini me couvrirait sans doute, encore fallait-il pouvoir franchir le sas de contrôle. Les cartons passeraient pour l'atelier d'écriture ; je serais obligé de dissimuler pinceaux et peinture.

Jusque-là les gardiens s'étaient contentés de jeter un coup d'œil dans mon cartable, jamais encore je n'avais été fouillé. Je déposais mes clés sur la tablette et montrais ma boucle de ceinture lorsque la sonnerie se déclenchait. J'ai demandé :

« En quoi sont les tubes ?

Oh, ce doit être un mélange... Plomb, aluminium et je ne sais trop quoi.

— Il n'existe pas quelque chose qui ne soit pas métallique ? »

Il m'a observé drôlement.

« Je crois qu'il y a une marque suisse qui fait ça en plastique, il ne doit pas nous en rester un grand choix, personne n'en demande, un instant, je vais voir. »

Il est revenu avec ce qu'il avait trouvé. Je lui ai dit que cela suffirait pour l'instant mais qu'il pouvait en commander d'autres, je repasserais.

Le dimanche matin je suis allé boire mon café sur le port. Comme je débouchais au soleil j'ai reconnu Laura ; elle longeait le quai, le visage tourné vers les barques. Je me suis approché d'elle par-derrière, sur la pointe des pieds, et j'ai fait semblant de la pousser violemment à l'eau. Son cri a fait se retourner tout le monde. Avec la peur son corps a été traversé d'une beauté sauvage. Sous le coton ses seins étaient prêts à bondir.

Elle était furieuse et contente de me voir. Nous sommes allés nous installer à notre terrasse préférée, enfin celle où nous venions souvent prendre un petit déjeuner complet.

Pour le port c'est la plus belle heure, et nous avions chaque fois la délicieuse sensation d'être en voyage. Pourtant nous connaissons ici le nom de presque toutes les barques. Combien de fois nous sommes-nous promenés ou assis côte à côte sur les planches des pontons bouillantes de soleil pour regarder cette flottille multicolore se balancer mollement sous un léger tintement de mâture.

Alors qu'elle rajoutait de l'eau chaude dans son café comme elle l'a toujours fait, elle m'a dit :

« Tu n'es pas venu de la semaine au restaurant, ça ne t'était jamais arrivé. Je te trouve songeur, quelque chose ne va pas ?... Je me suis fait couper les cheveux et tu ne l'as même pas remarqué, c'est la première fois que je les porte si courts. »

Cela m'avait sauté aux yeux à l'instant où je l'avais aperçue sur le quai. Je ne voulais pas être le premier à tout remarquer. Ce qui dans les débuts est un hommage passe très vite pour de l'espionnage. J'en savais quelque chose... Rien ne m'échappait chez elle, pas même les marques rouges que sa jupe en remontant avait révélées sur sa cuisse lorsqu'elle s'était assise.

Elle m'a demandé ce que j'allais faire d'une si belle journée. Je lui ai dit que j'avais acheté tout un matériel de peinture et que j'allais me lancer.

À sa manière de se détourner légèrement pour sourire j'ai su qu'elle pensait : « Eh bien, mon pauvre, je te vois tout à fait dans dix ans, tes toiles sous le bras à la recherche d'une galerie complaisante. » Elle a dit :

« Moi qui n'ai aucun talent d'artiste il faudrait que je songe à repeindre ma chambre, il y a au moins deux mois que le rouleau m'attend, bientôt le vinyle sera sec. »

J'ai voulu plaisanter :

« Attends d'être enceinte, il paraît qu'on a alors envie de refaire toute la maison pour l'enfant. »

Elle a tourné vers moi un visage attendri.

« Il faudrait d'abord que je lui trouve un père.
— Regarde les yeux des hommes, rien qu'autour de nous, j'en vois cent. »

Son sourire était maintenant maternel.

« Pas un géniteur, Ralph, un père... »

Je lui ai alors proposé de l'aider à repeindre sa chambre et elle m'a répondu avec une légère mélancolie :

« Je ne sais pas si j'ai vraiment envie de toucher à cette chambre. »

Je suis resté seul à notre table une partie de l'après-midi. J'ai lu plusieurs fois le journal et j'ai regardé les couples commander des glaces énormes surmontées d'ombrelles chinoises, puis se diriger vers le quai ou les cinémas en se tenant par la taille.

J'ai pensé à Bove et au portrait de sa femme morte. Pourquoi s'est-il confié à moi ? A-t-il senti une solitude semblable à la sienne ? Je crois que si Laura était morte je serais beaucoup moins malheureux.

Comme le jeudi précédent, je suis arrivé à la prison un peu avant midi. J'ai réparti les tubes de couleur et les pinceaux dans mes poches et j'ai franchi le sas. Derrière ses vitres blindées le gardien a regardé les cartons et m'a fait signe de passer. En trois ans je ne leur ai créé aucun problème, la confiance s'installe.

Orsini achevait sa crème caramel. Lorsqu'il m'a aperçu aucune flamme insulaire n'a éclairé son visage. « Encore toi ! » a-t-il marmonné entre ses dents.

« C'est peut-être une question de vie ou de mort, Antoine. Tu serais beaucoup plus embêté si Bove se pendait. Crois-moi, il en est capable. »

Je suis allé chercher deux cafés que nous avons bus en silence et nous nous sommes enfoncés dans la prison. J'étais comme un détenu qu'un gardien accompagne. J'écoutais le bruit, si familier à présent, des appels, des chariots de cantine et des grilles qui claquent ; ronflement incessant des longs couloirs de peine, comme si nous marchions sous des montagnes d'eau. La détention est un univers si lointain qu'il pourrait être au fond des plus noirs océans.

Tendu, le regard persécuté, Bove était planté au milieu de sa cellule à l'endroit exact où nous l'avions déjà trouvé. J'ai attendu qu'Orsini verrouille la porte pour vider mes poches.

Il a saisi les tubes avec des doigts plus fébriles que si je lui avais apporté un uniforme de surveillant et un laissez-passer. Je me demande parfois s'il se souvient qu'un autre monde existe derrière ces murs où des êtres vivants se rencontrent, parlent, se sourient.

Je me suis assis sur la chaise et d'un bon moment je n'ai pas dérangé sa joie.

Il a levé les yeux et a murmuré « Vous avez pris de gros risques pour moi, je ne connais personne qui aurait fait ça.

— Je ne risque pas grand-chose, à la rigueur perdre mon travail ici. C'est vous qui devriez faire attention, les surveillants sont montés contre vous à cause du ménage, ils parlent de porcherie. Un coup de balai de temps en temps... »

Sa réponse m'a glacé.

« Ma femme est poussière, je veux devenir poussière. »

Il caressait machinalement la paume de sa main avec la soie du pinceau. C'est alors que j'ai aperçu entre mes jambes un cercle parfait de propreté, pas plus grand qu'un sous-bock, sans un grain de poussière.

« Qu'est-ce que c'est ? » lui ai-je demandé.

Il a posé ses yeux sur le petit rond et rêveusement a dit :

« Ce sont les larmes en tombant, c'est là que je pleure. »

Chacune de ses paroles produisait sur moi un tel malaise dans cette espèce de tombeau que je ne pouvais supporter le silence. Je lui ai dit :

« J'ai beaucoup pensé au portrait que vous m'avez montré, votre femme devait être très belle, même dans les rues on n'en voit pas de pareilles. »

Son regard s'est illuminé.

« C'est la plus belle ! Oui, vous avez dit le mot, il n'y en a pas de pareille ! La première fois que je l'ai vue à Paris, je me suis dit : C'est elle ! Nous

nous étions simplement croisés dans le couloir de l'agence où je travaillais. J'étais payé pour trouver de grandes idées publicitaires ; elle était secrétaire dans l'un des bureaux. Il m'a fallu trois mois pour oser lui adresser la parole devant la machine à café... Elle m'a avoué par la suite que pendant ces trois mois elle n'avait attendu que ça, mon silence l'impressionnait beaucoup, ce qu'elle prenait pour une activité intense de mon cerveau n'était que le résultat de ma timidité. À partir de ce jour nous ne nous sommes plus quittés une minute, enfin vous me comprenez, chaque fois que nous le pouvions, une fois le travail terminé. J'avais trente ans quand Mathilde m'a fait connaître l'amour... »

Il a haussé les épaules et souri.

« L'amour... Quel mot faible, même la passion ne dit pas ce que nous nous sommes donné. Toute mon imagination en a été bouleversée, chacun de mes dessins, de mes projets me ramenait à elle. C'est durant ces trois ans que j'ai réalisé les plus belles choses, les seules choses. Ce que j'ai fait avant ne compte pas... J'étais ébloui par Mathilde, je découvrais tout. »

Je ne reconnaissais plus l'homme paralysé d'angoisse, aux phrases hachées, aux yeux hagards. Bove semblait parler à quelqu'un d'autre que moi, peut-être s'adressait-il à elle pour lui crier tout son amour, ou sa souffrance.

« Et puis un jour, comme ça, sans raison, Mathilde m'a insulté, m'a giflé, elle était comme folle, persuadée que je la trompais avec les plus belles femmes de Paris. Je côtoyais tous les jours des mannequins, des actrices, je ne les voyais même pas. J'utilisais leur silhouette pour la pub mais mes yeux n'étaient emplis que d'elle. Elle seule m'obsédait. Elle m'a dit qu'elle quittait Paris, qu'elle ne voulait plus entendre parler de ces créatures de magazine ; si je l'aimais vraiment je n'avais qu'à la suivre... Bien sûr je l'ai suivie. Rien d'autre ne comptait. »

Il s'est interrompu comme si soudain il s'était souvenu de moi :

« Je vous ennuie avec mes histoires ?

— Mais non, lui ai-je répondu, je suis venu pour ça, je crois que je peux vous comprendre. »

Ses yeux m'ont remercié puis il les a baissés pour retrouver le film de sa vie.

« Nous nous sommes installés à Aix-en-Provence, j'ai trouvé une place dans une petite agence. Pendant quelque temps nous avons été heureux, mon travail me laissait beaucoup de liberté, nous marchions des journées entières dans les collines de la Sainte-Victoire. Nous avions découvert une maison abandonnée. Sur l'herbe, devant la porte, nous faisions l'amour puis la sieste au soleil. Quand l'été est arrivé, j'ai compris que quelque chose se brisait. Elle était fuyante, de plus en plus absente, ce que je lui racontais ne l'intéressait plus. Un soir elle m'a dit : "Tu n'es pas l'homme que je croyais, tu n'as rien d'un génie." »

« Quelques jours plus tard elle m'a avoué qu'elle avait un amant. La terre s'est ouverte sous mes pieds. D'abord je ne l'ai pas crue ; je l'ai suivie dans les rues d'Aix. Elle disait vrai. J'ai pris ma voiture et pendant des heures j'ai roulé comme un dingue, pied au plancher. Je ne sais pas comment je me suis retrouvé à la frontière allemande, j'ai continué à rouler. Brusquement il m'a semblé qu'un mur infranchissable se dressait devant moi. J'ai crié : "Dieu, aide-moi !" Il m'a répondu : "Allège-toi de ton corps." J'entends encore ces mots comme si c'était hier. Mon cœur me faisait très mal. Je me suis arrêté et j'ai acheté un couteau à découper le rôti mais je n'ai pas eu la force de me transpercer le cœur. Alors j'ai acheté un pistolet à grenaille et j'ai repris la route à tombeau ouvert. »

Il parlait de plus en plus vite en regardant le mur, sa main n'avait plus que la forme et la blancheur des os tant il serrait le pinceau.

« Le lendemain matin j'étais revenu à Aix. Quand elle est sortie de chez nous je lui ai dit : "Monte !" Elle a vu ma tête, elle a obéi. J'ai roulé sans un mot jusqu'à la maison de la Sainte-Victoire. Nous sommes descendus et je lui ai dit : "Tu vois cette maison, le jour de ton anniversaire tu m'as demandé de l'acheter, tu voulais y vivre avec moi, loin de tout, jusqu'à la fin de ta vie." J'ai vu dans ses yeux qu'elle avait très peur et pourtant elle a crié : "Oui, c'est vrai, j'ai dit ça, mais aujourd'hui c'est fini ! Je me suis rendu compte que je ne t'aimais plus, je me suis trompée, tu es comme ton père, un faux artiste, un homme raté !" Je me suis mis à pleurer, je lui ai dit que j'étais prêt à accepter qu'elle ait des aventures, qu'elle voie d'autres hommes du moment qu'on ne se quittait pas. Elle a continué à me dire que cela ne servait à rien, que c'était fini, qu'elle n'éprouvait plus rien pour moi. J'avais été une illusion. Je l'ai suppliée de se taire, j'ai mis ma main sur sa bouche, chacune de ses paroles me déchirait. Je l'ai sentie forte et moi faible. J'ai serré, serré, serré. J'avais tellement peur d'entendre encore un mot. Elle est devenue toute molle. Je l'ai couchée par terre et je l'ai embrassée. Elle saignait du nez. J'ai cru qu'elle était morte. Je l'ai appelée de toutes mes forces et je l'ai embrassée. C'est alors que j'ai compris que ma vie était finie, que je n'aurais jamais plus rien. J'ai pris dans mon blouson le pistolet à grenaille, je lui ai tiré une décharge dans la tête, puis une dans la mienne... Les médecins m'ont dit que j'étais resté huit jours dans le coma. On m'a envoyé à la prison-hôpital des Baumettes. »

Quelques instants plus tard la porte s'est ouverte. C'était le repas. J'ai pris le plateau et je l'ai déposé sur la table. Nous ne l'avons pas touché. Jusqu'à deux heures Bove est resté assis sur son lit, le regard absolument immobile, et pour la première fois j'ai senti que dans cette cellule nous étions trois.

J'ai eu du mal les jours suivants à penser à autre chose qu'à cet homme, à cette cellule ouatée de poussière hantée par un fantôme, à cette indescriptible angoisse qui n'aura pas de fin. Je sens que Bove a besoin de moi sinon comment aurait-il pu me raconter sa vie, lui qui n'adresse la parole à personne et qui n'est pas descendu dans la cour une seule fois.

Je ne suis pas encore revenu de tout ce qu'il a pu me dire aussi brutalement, de cet aveu presque violent pour cet être plus fermé qu'un poing. De quoi a-t-il peur ? Il sait que sa femme est morte, il m'a raconté chaque détail, il se souvient de tout. Pourtant elle est là autour de nous, mouvante, chaude, discrète. J'ai même parfois l'impression que je les dérange.

Lundi après-midi, le directeur de la prison m'a appelé. Sa voix était pleine d'inquiétude. Il m'a dit que la veille il y avait eu un début d'émeute au bâtiment A, celui des mineurs. Un gardien avait reçu une boule de pétanque sur la tête, il était hospitalisé.

Avec le printemps les jeunes sont beaucoup plus difficiles à contenir, pour un rien ils éclatent, se battent, saccagent leur cellule. Les surveillants ont peur. Il m'a expliqué qu'avec les responsables de la détention ils avaient décidé de doubler les heures de sport, de créer une activité judo et un tournoi de foot interbâtiments. Il m'a demandé si je voulais bien, parallèlement, animer un second atelier d'écriture avec une dizaine de mineurs. « C'est urgent, a-t-il répété plusieurs fois, il faut absolument les occuper sinon nous courons à la catastrophe. Le A est une cocotte-minute prête à exploser. »

J'ai pensé que si j'acceptais il pourrait difficilement me refuser quoi que ce soit pour Bove, même pas nos repas clandestins.

« Comptez sur moi, lui ai-je répondu, je serai à la prison à neuf heures pile jeudi matin. »

Je l'ai senti soulagé. « Merci, vous nous aidez bien, n'ayez aucune crainte nous avons confisqué les boules de pétanque. »

Je comprends son inquiétude, il est à un an de la retraite.

Ma matinée avec les mineurs a été moins pénible que je ne l'avais imaginée. Ils m'ont d'abord pris pour un instituteur. « Ça ne nous intéresse pas, ce qui compte dans la vie ce n'est pas les diplômes, c'est ce qu'on a dans le slip. Aujourd'hui il vaut mieux un 357 Magnum que le bac. »

Après ça je pouvais difficilement leur dire : « Prenez une feuille de papier. » Quelqu'un a écrit : « Je ne me suis jamais senti aussi libre qu'en prison. Qu'en pensez-vous ? »

Nous avons donc discuté de l'Olympique de Marseille une bonne partie de la matinée. Lorsqu'ils ont vu que j'en connaissais autant qu'eux sur chaque joueur et que j'avais suivi tous les matchs depuis le début de la coupe et du championnat, ils m'ont regardé autrement. L'un d'eux s'est exclamé :

« Si vous aviez vu le bâtiment le soir de la finale contre Milan, quand l'arbitre a sifflé la fin du match j'ai cru qu'une bombe explosait dans la prison ! En quelques minutes on a tout démoli, les portes, les tables, les chaises, tout. La folie ! On était aussi heureux que si les murs s'étaient effondrés et qu'on parte tous en courant ! »

Je regardais leurs yeux pleins de révolte et de sommeil. Ils passent leurs nuits le front collé aux barreaux à s'appeler d'une cellule à l'autre et à écouter à tue-tête de la musique rock. Ils ont déjà les bras bleuis de tatouages et le crâne lézardé de cicatrices blanches. Ils ont grandi au bord des autoroutes, dans des cages d'escalier, des caves et des terrains vagues raclés par le mistral et le soleil où des carcasses de voitures rouillent, posées sur des parpaings entre deux plaques d'herbe jaune. À dix ans ils volaient des cyclos, à treize des voitures, à quinze ans on les enferme ici pour attaque à main armée, quelquefois pour meurtre. Leur vie est finie. Ils ne s'en rendent pas compte. Ils se rasent la tête, crachent contre les murs, rêvent de fusil à pompe, de femmes et de G.T.I.

Tous les gardiens fuient ce bâtiment où souffle la colère. Les tentatives d'évasion, les suicides, les émeutes, c'est eux. Certains deviendront célèbres dans l'univers du crime ; c'est leur plus grand désir. Quand ils ne peuvent pas scier leurs barreaux, ils aiguisent leur cruauté. Mais au fond de leur cellule lorsque la nuit recouvre la prison chacun d'eux pleure doucement en pensant à sa mère.

À midi, Orsini, qui sait que le directeur compte sur moi pour atteindre sa retraite, m'a accompagné le long des couloirs, les fesses un peu moins serrées.

Dès qu'il a ouvert la porte de la cellule j'ai aperçu la toile sur la tablette, appuyée contre le mur. J'ai tendu la main à Bove et je me suis approché. Il avait utilisé l'un des cartons entoilés. J'ai tout de suite reconnu Mathilde. Le visage était au détail près celui du portrait que j'avais vu d'elle. Elle était debout, longue et troublante devant un arrêt de bus ou de taxi. Elle ne portait qu'une jupe noire, son ventre et ses petits seins avaient la blancheur et la dureté du marbre ; une valise était posée près de ses pieds nus. Tout le tableau était baigné d'une pâleur lunaire, presque spectrale. Derrière elle, on devinait sous la nuit la carcasse d'une maison incendiée. Par les trous béants de ses portes et fenêtres on voyait, rayant le ciel, quelques poutres calcinées.

Mais plus que tout, ce qui ajoutait à cet univers inquiétant, à ce corps, quelque chose d'extraordinaire, c'était le regard de Mathilde, identique à celui du portrait : aveugle et fixe.

Comme je restais sans voix Bove a murmuré :
« Elle vous plaît ?
— Ce n'est pas le mot, lui ai-je répondu, elle est tellement... Tellement... Non, il n'y a pas de mot, elle est plus que tout ce qu'on pourrait en dire... Comment faites-vous pour la voir aussi précisément ? Vous avez pu garder des photos ?
— Non, d'elle je n'ai plus rien, mais elle ne

me quitte pas, elle me parle, m'accompagne, je crois que je la vois encore mieux qu'avant... J'ai ici dans mon placard une de mes chemises qu'elle enfilait souvent le matin pour ne pas boire son café toute nue, quand j'en approche mon visage il y a tout son parfum. Je connais son corps mieux que le mien, nous nous sommes mesuré chaque muscle, chaque membre, chaque attache, toutes les proportions sont les mêmes, c'est mon double féminin. Elle est plus fragile, c'est tout. La première fois que je l'ai vue nue j'en suis resté muet, elle avait au millimètre les mêmes cicatrices que moi, celle de l'appendicite, un peu tordue, et une autre en forme de triangle sur la cuisse, là... Non, croyez-moi il n'y a pas de hasard, nous avons été conçus l'un pour l'autre. »

Quand je l'écoute je n'arrive pas à savoir s'il s'exprime au passé ou au présent. Il semble si perdu. Le sait-il lui-même ?

Heureusement que l'on assiste dans la rue à des scènes étonnantes sinon ma tête aurait du mal, depuis quelque temps, à sortir de prison. Cet univers m'a toujours attiré. Depuis que j'ai rencontré Bove il m'obsède. J'ai l'impression qu'avec lui je m'approche d'un mystère que je suis sur le point de percer. Lequel ? Je ne sais pas encore, mais son crime et son tourment sont d'une telle richesse que je me demande parfois si toute l'humanité n'est pas là.

Maintenant que les platanes retrouvent le vert tendre de leur jeune feuillage, je descends chaque jour manger un plat sous mes fenêtres, à *La Barbotine*. Les pigeons font claquer le ciel de bourrasques d'argent et les femmes tournent vers la lumière des visages comblés.

Aujourd'hui à midi toutes les terrasses étaient pleines de sourires et de bras nus. Soudain sur nos têtes la sirène s'est déclenchée, écrasant le quartier sous son mugissement féroce. Chacun s'est souvenu que nous étions le premier mercredi du mois de mai.

C'est alors que certains d'entre nous ont aperçu le rat. Affolé par le vacarme il avait surgi d'on ne sait où et traversait la place comme un perdu. Aussitôt un homme s'est lancé à sa poursuite. J'ai tout de suite reconnu mon voisin à son déhanchement. Il monte et il descend comme s'il avait une jambe plus courte que l'autre. Il doit être invalide et passe ses journées sur le pas de sa porte à surveiller les gens. Je crois qu'il habite là depuis longtemps, il salue tout le monde.

Si le rat avait filé tout droit, mon voisin n'aurait jamais pu le rattraper, mais quelque chose lui a fait peur et il a rebroussé chemin. Ils se sont trouvés brusquement nez à nez, et l'homme, avec une incroyable précision, a shooté comme dans un ballon. Le rat a fusé. Nous l'avons vu tourbillonner dans l'air puis s'écraser dix bons mètres plus loin. Il s'est immédiatement rétabli et a repris sa course. Il allait maintenant beaucoup moins vite et traînait derrière lui une patte cassée. Mon voisin a senti son avantage, il a repris sa traque.

Toute la place s'était immobilisée, une fourchette ou un verre à la main, pour les regarder. Ils progressaient à la même allure et boitaient tellement de la même manière que tout le monde a éclaté de rire. Nous avions l'impression d'assister à une scène comique où l'homme ne tentait plus de détruire le rat mais de mimer sa démarche bancale pour le ridiculiser. Ils ont traversé ainsi toute la place, et le numéro était si réussi que certains ont applaudi.

Le rat a pu atteindre la devanture du libraire et s'est faufilé derrière un énorme carton. Le boiteux s'est mis à pilonner le carton afin de l'écraser contre la vitrine.

Autour de moi quelques voix réprobatrices se sont alors élevées, surtout des voix de femmes. Un grand gaillard en costume cravate s'est dressé en renversant son fauteuil. Il a foncé sur mon voisin et lui a empoigné la gorge. Dans l'élan ils ont roulé par terre. Le gaillard avait beau l'étrangler, l'autre continuait de lancer, étendu sur le sol, de grands coups de pied dans le carton, comme s'il ne s'était aperçu de rien tant ce rat l'obsédait.

Quand l'homme en costume s'est rendu compte qu'il avait affaire à un fou et que les gens autour riaient de nouveau, alors qu'il avait peut-être voulu jouer les héros devant les femmes, il a lâché prise et regagné sa place.

Mon voisin s'est à son tour relevé et sans un regard vers nous a repris son pilonnage. Au bout d'un moment il a déplacé le carton. L'animal ne bougeait plus. Il lui a sauté dessus à pieds joints et du sang a giclé sur toute la vitrine du libraire. Des femmes se sont mises à hurler. Il y a eu comme un vent de panique. Certaines ont quitté leur table.

Comme si de rien n'était, le boiteux est revenu s'appuyer contre sa porte en raclant ses semelles sur le sol pour les nettoyer. Ses yeux se sont fixés sur le rat mort et il n'a plus bougé.

C'est étrange comme parfois on pressent les choses ; en garant ma voiture sous le mur de la prison, ma main est restée figée un instant sur la clé de contact sans pouvoir la tourner. De je ne sais quel ailleurs quelqu'un me faisait signe, et cette haute muraille devant moi me semblait soudain redoutable. L'intuition s'est envolée à la seconde où le moteur stoppait.

Je n'ai donc pas été étonné de voir Orsini en faction de l'autre côté du portique anti-métal. Dès qu'il m'a aperçu, ses sourcils se sont relevés et il a réprimé un geste jugé sans doute trop expansif.

J'ai déposé sur la tablette mes clés et ma monnaie et je suis passé. Ça a sonné quand même, sans doute ma boucle de ceinture ; les deux surveillants de la porterie ne m'ont pas demandé de repasser, le chef Orsini me tendant la main est une caution.

Nous avons franchi ensemble le sas et il m'a attrapé par le bras. « Je t'attendais à cause de Bove, il a fait une sacrée connerie... »

À voir son visage défait j'ai pensé que Bove avait cité nos noms pour les tubes de couleur et que nous allions être embêtés, mais il a rompu le silence qu'il ne peut s'empêcher de marquer lorsqu'il ménage un effet.

« Il a tenté de se suicider... »

Il s'est arrêté de marcher et a enfoncé son regard dans le mien.

« Lors de la dernière ronde hier soir, avant le verrouillage complet de la détention, le surveillant d'étage a jeté un œil dans sa cellule par le judas et l'a vu par terre tout recroquevillé. Il s'est précipité. Bove ne bougeait plus. Sa tête était enfermée dans un sac-poubelle en plastique qu'il avait noué très serré autour de son cou à l'aide d'un lacet. Quand le surveillant a déchiré le sac avec ses ongles, le visage de Bove était déjà bleu. Les pompiers l'ont transporté tout de suite aux urgences de l'hôpital Ambroise-Paré. D'après le directeur, ses jours ne sont plus en danger. Il s'en est fallu d'un cheveu... Il avait dû avaler pas mal de somnifères sinon il n'aurait pas pu s'empêcher, par réflexe, de déchirer lui-même le sac. On a beau vouloir mourir, ce n'est pas si facile que ça. »

Il a paru réfléchir un moment puis il a ajouté :

« Je le savais que ce type-là ne nous créerait que des emmerdements, depuis que je le dis qu'il est particulièrement fêlé ! »

J'étais très ému et pourtant je n'ai pas pu m'empêcher de penser qu'il avait dû réciter plusieurs fois la tirade dans sa tête en m'attendant.

« Bien, a-t-il poursuivi en se remettant en marche sans lâcher mon bras, il y a quelque chose de bizarre que je voudrais te montrer, je pense que toi tu pourras m'expliquer... »

Nous avons franchi plusieurs grilles, tourné dans ces couloirs obscurs que je connais bien, et nous sommes arrivés devant la cellule de Bove.

J'ai collé mon œil contre le judas, persuadé que j'allais l'apercevoir recroquevillé sur le sol, la tête dans le sac-poubelle en train de s'asphyxier.

Il y avait sur chaque chose cet épais manteau de poussière comme une première neige qui ne serait tombée que sur cet alvéole de la prison.

Le Corse a jeté un regard furtif derrière moi et nous sommes entrés. J'ai été saisi par le nouveau tableau dressé face à la porte : Mathilde. Ses yeux sans pupilles me fixaient. Elle avait encore embelli. Elle était suffocante.

J'aurais été tout seul dans les égouts de la prison que le silence n'eût pas été plus difficile à supporter. Quand Orsini m'a touché l'épaule, j'ai sursauté.

« Regarde », a-t-il murmuré.

Il me montrait des mots tracés sur le mur à la peinture noire. J'ai lu :

    Y A-T-IL UNE VIE AVANT LA MORT ?

Il a laissé l'inscription faire son travail puis il a dit tout bas :

« Depuis que j'ai vu cette phrase en arrivant ce

matin, pas une seconde je n'ai cessé de la tourner et retourner dans ma tête, elle me donne le vertige... Quand j'étais petit, en Corse, chaque nuit je pensais à l'infini jusqu'à ce que je me mette à crier. C'est cette sensation que j'ai retrouvée ce matin. Pourquoi a-t-il écrit ça ? J'en ai parlé à un premier surveillant, il a haussé les épaules en disant : "Ça prouve bien qu'il est barjo !" ... Toi qui le connais mieux, qu'est-ce qu'il a voulu dire ?... »

Soudain j'ai eu besoin de respirer, de sortir. Je suis allé coller mon front contre les barreaux de la petite fenêtre.

À cette heure la cour de promenade était vide. J'ai essayé de comprendre ce que Bove ressentait en regardant depuis des années les mêmes murs surmontés de fil de fer barbelé. Peut-être s'accrochait-il à ces morceaux de champ, là-bas, qui tentent d'escalader le ciel, et au vert plus acide du cimetière américain où les éternelles pâquerettes de pierre observent leur immuable symétrie.

En tordant bien ses yeux sur la gauche, il pouvait aussi apercevoir, beaucoup plus loin, les milliers d'échardes d'argent qui se croisent sur l'autoroute, sous la lumière de chaque saison.

Je me suis retourné vers Orsini et je lui ai dit :

« Il faudrait rester ici pendant des années pour pouvoir répondre à cette question. »

Cette question je me la suis posée des centaines de fois, pendant les jours et les nuits qui ont suivi, et le vertige de l'infini qui faisait hurler Orsini durant les premières années de sa vie je l'ai frôlé souvent.

Cela m'a permis de jeter à la poubelle, en ne lisant que la dernière phrase, la énième lettre de refus d'un éditeur qui m'a laissé de glace.

En mon for intérieur j'ai remercié Bove, le combat qu'il livre contre lui-même m'a permis de ramener les choses à leur juste valeur.

Je suis resté des heures assis devant ma machine à écrire, sans presque la toucher. J'ai vu soudain que j'avais tapé sans m'en rendre compte, en caractères gras au milieu d'une page :
Y A-T-IL UNE VIE AVANT LA MORT ?

J'ai beau secouer violemment la tête, je n'arrive pas à chasser de mes yeux ces mots tracés à la peinture noire sur un mur par la main de la mort. Oui, je revois exactement la main et le visage de Bove. Ils appartiennent à quelqu'un de mort, à quelqu'un en tout cas qui depuis longtemps n'est plus avec nous.

Cela m'avait frappé la première fois que je l'avais vu arriver à l'atelier d'écriture, si pâle en ces premiers jours de printemps, où tous les détenus descendent dans les cours pour sentir sur leur visage les doigts du soleil. Un seul mot avait traversé mon esprit : « Transparent ». J'avais ressenti le choc de celui qui voit entrer un mort-vivant. Son numéro d'écrou m'avait appris qu'il était détenu depuis trois ou quatre ans.

Comment un homme tellement écrasé par son destin, accablé et fragile, pourrait-il tenir dix-huit ans en prison ? Dix-huit ans d'implacable solitude. Dix-huit ans de silence et de remords. Dix-huit ans à vivre dans sept mètres carrés, minute après minute, avec celle qu'il a tuée.

Lui, j'en suis sûr à présent, n'en tiendra pas quinze, ni dix. Atteindra-t-il les cinq années de claustration si aujourd'hui on le tire de là ? Comment ramener parmi nous, afin qu'il purge sa peine, quelqu'un qui n'a qu'une obsession : souffrir, souffrir et disparaître ?

Au fil des semaines Orsini m'a donné des nouvelles. J'ai appris que Bove était resté huit jours en réanimation à l'hôpital Ambroise-Paré, puis avait été transféré au centre d'observation des Baumettes. Ce que l'on nomme ainsi, de manière un peu énigmatique et légère, n'est autre que le quartier psychiatrique de la prison de Marseille. Orsini y a travaillé près d'un an. Il m'a dit :

« Ce que j'ai vu là-bas personne ne le croirait, tu as vu *Midnight Express* ?... Eh bien là-bas, c'est pire ! »

Bove est resté trois mois au centre d'observation puis ils l'ont ramené. Nous venions d'entrer dans l'été. Les gardiens allaient et venaient en chemise bleu ciel dans des couloirs qui semblaient plus sombres lorsqu'on y pénétrait encore tout aveuglé par la lumière solaire.

Cette fois c'est Orsini qui, à mon grand étonnement, m'a demandé d'aller le voir dans sa cellule : « Si tu vois dans quel état il est... Un cadavre... Ça m'a fendu le cœur. Et pourtant tu sais il en défile ici des créatures surprenantes. Je ne sais pas, lui c'est différent, comment t'expliquer... Il y a des choses, la drogue par exemple, je suis certain que je n'y toucherai jamais, mais ce qui lui arrive pourrait très bien t'arriver, ou à moi. N'importe qui un jour ou l'autre peut tuer sa femme, ou l'inverse d'ailleurs. Ce qui est étonnant c'est que ça ne se produise pas plus souvent. Depuis deux jours qu'il est là, il n'a pas ouvert la bouche. C'est comme s'il ne nous entendait pas entrer et sortir. Il regarde le mur. J'ai parlé de toi au directeur, je lui ai dit que Bove t'aimait bien, que grâce à l'atelier d'écriture il avait pris confiance. Il est d'accord pour que tu ailles le voir en cellule, il est à quelques mois de la retraite alors un suicide de plus tu comprends, ça n'arrangerait pas ses affaires. »

J'ai failli répondre qu'il y avait peu de chances qu'il m'adresse à moi la parole, il m'avait certainement oublié pendant ces trois mois de calvaire. Avais-je un jour existé pour lui, si hanté par son crime ? Je n'ai rien dit, je ne sais quelle force me poussait vers cette cellule, vers le mystère de cet homme qui descendait chaque jour un peu plus vers quelque chose que j'aurais aimé découvrir.

Orsini a verrouillé la porte dans mon dos. Ses pas se sont éloignés dans le couloir. Bove était assis sur le bord de son lit, ses longues mains pendaient entre ses cuisses comme des chiffons blancs. Il n'a même pas tourné la tête vers moi. Je me suis senti très gêné, il semblait ignorer ma présence. On l'avait changé de cellule, celle-ci était à peu près propre. Sur les murs quelques morceaux de scotch mal arrachés pendaient. Toutes ses affaires étaient entassées sous la fenêtre, dans des cartons éventrés maintenus par des bouts de ficelle.

Je me suis éclairci la gorge et j'ai dit :

« Bonjour, je vais peut-être vous aider à ranger tout ça, on gagnera un peu de place. »

Il a marmonné quelques mots que j'ai eu du mal à saisir et qui devaient signifier : « Laissez, je le ferai plus tard. » J'ai compris à la somnolence et l'empâtement de sa voix qu'il devait être bourré de médicaments.

J'ai pris l'unique chaise et je me suis assis près de lui.

Son visage était décharné. Plus osseux et transparent que jamais. Ses pupilles grises avaient perdu leur éclat métallique. Son regard s'était rapproché de celui de Mathilde sur les tableaux, c'est-à-dire d'une absence de regard.

J'ai posé délicatement ma main sur son épaule et je lui ai dit :

« Je suis content de vous revoir ; chaque semaine je demandais de vos nouvelles au surveillant-chef, c'est un brave homme, il se faisait du souci pour vous... Moi aussi », ai-je ajouté un peu honteux, et comme le silence qui a suivi avivait mon malaise je lui ai expliqué que j'avais vu le troisième tableau le jour de son départ, que sa femme était extraordinaire.

Alors il a tourné vers moi ses yeux pâles et a articulé :

« Quand j'ai serré le cou de Mathilde, elle n'a pas réagi, elle s'est laissée aller doucement contre moi... Là-bas j'étais enfermé avec un fou, plusieurs fois j'ai essayé de lui serrer le cou pour voir s'il réagissait, chaque fois il s'est défendu. »

J'ai retiré la main que j'avais presque oubliée sur son épaule.

« Et vous ? lui ai-je demandé. Avez-vous été maltraité ?

— Non, c'est moi qui ai essayé de casser ma tête contre le lavabo. Après ils m'ont fait passer la gamelle à travers les barreaux et j'ai été tout seul. »

Il avait à peine achevé sa phrase qu'il s'est appuyé contre le mur et a fermé les yeux. J'ai attendu un moment dans le silence sans savoir s'il avait voulu clore cette conversation ou s'il s'était brutalement endormi.

Je suis resté assez longtemps immobile à observer ce visage sculpté par le tourment. Ses paupières étaient devenues si fines et bleues que j'ai eu soudain la sensation désagréable qu'il me regardait à travers.

Des voix sont montées de la cour, c'était l'heure de la promenade. Des voix qui m'ont paru normales, semblables à celles que j'entends chaque jour dans les rues de Marseille, graves et chantantes.

C'est à cet instant précis, à cause de ces voix, que j'ai compris que cet homme ne purgeait pas une peine de prison mais qu'on était en train de l'assassiner. J'ai alors décidé qu'il sortirait d'ici coûte que coûte, par n'importe quel moyen, mais vivant.

DEUXIÈME PARTIE

Préparer l'évasion d'un voyou qui vous aide activement de l'intérieur, habité par un violent désir de liberté, n'est chose facile qu'au cinéma. Organiser celle d'un homme qui ne sait pas qu'il sera l'évadé, qui ne le désire peut-être même pas, est la plus absurde des entreprises.

Je me suis attelé à cette entreprise, hanté par le visage cadavéreux de Bove, et je me suis rendu compte que j'avais enregistré à mon insu, durant toutes ces années où j'étais venu ici chaque jeudi, presque tous les détails de l'immense dispositif anti-évasion de cette prison : six hectares tissés de rayons électroniques.

J'ai acheté un carnet à petits carreaux et, soir après soir, j'ai reconstitué, à l'aide de croquis tracés à l'encre noire, le plan exact de la prison.

Le mur d'enceinte d'abord, surmonté de deux miradors de béton, puis les bâtiments de détention en forme de triptyque flanqués de leur cour de promenade grillagée. Avec un feutre rouge je marque l'emplacement de chaque caméra de surveillance. La prison en est truffée. Chaque couloir, escalier, chemin de ronde, cour et recoin est vingt-quatre heures sur vingt-quatre fouillé par l'œil d'une caméra. Ces centaines d'yeux convergent vers un seul cerveau situé au cœur de la prison : le P.C.I. Ce poste central d'intervention est une cage blindée où deux surveillants scrutent, seconde après seconde, sur les trente écrans à images alternatives, les moindres mouvements de la détention. La progression furtive d'un rat le long du mur du bâtiment C, à n'importe quelle heure du jour ou de la nuit, eux la suivent.

Dès que je franchis le jeudi matin la grande porte métallique de cette forteresse, ma petite caméra personnelle se déclenche et à mon tour j'enregistre discrètement chaque rouage de ce monstre électronique.

Je salue les assistantes sociales, serre la main du directeur, bavarde cordialement avec tous sans qu'un seul instant ma caméra ne cesse de filmer. Il y a même des concours de circonstances cocasses. L'autre jour j'ai déjeuné au mess avec le sous-directeur ; il m'a raconté que la veille cinq détenus avaient escaladé les grilles de leur cour de promenade et couru vers le mur d'enceinte pour tenter de le franchir en lançant un grappin attaché à des lanières tressées de draps. Le mirador n'avait eu qu'à faire les sommations et tirer dans les jambes pour les dissuader.

Pour l'encourager à aller plus loin, je lui ai dit : « C'est de la folie, d'une prison aussi bien conçue que celle-ci personne ne pourra jamais s'évader. »

Un sourire de contentement a virevolté dans ses yeux et il a ajouté plus bas, sur le ton de la confidence qui m'a paru déplacé dans cette cantine réservée au personnel pénitentiaire :

« Ils n'avaient pas encore franchi les grilles de la promenade que le P.C.I. les signalait aux miradors. La plupart des détenus ne le savent pas mais cette espèce de no man's land qui sépare les cours du chemin de ronde est criblé de piquets presque invisibles qui émettent des rayons à hyperfréquence, des détecteurs de mouvements si vous préférez. Le moindre faisceau traversé donne l'alarme au P.C.I.

— C'est incroyable ! me suis-je exclamé. Absolument incroyable !

— Comme vous dites. Avec moins de surveillants, l'évasion ici est impossible. C'est un gros avantage sur les vieilles maisons d'arrêt. Même avec un brouillard à couper au couteau, le moindre déplacement est localisé au centimètre... La hantise pour nous, voyez-vous, c'est le brouillard, enfin c'était, avec les rayons on peut dormir tranquille. »

Il s'est levé tout guilleret et m'a lancé malicieusement :

« Je vous souhaite un bon après-midi, monsieur l'Écrivain, que chacun fasse son métier et les vaches seront bien gardées ! »

Je suis resté perplexe un bon moment, à me demander s'il avait l'habitude de ponctuer chacun de ses entretiens par ce genre de proverbes ou s'il m'avait raconté cette tentative d'évasion ratée et d'arsenal électronique pour me mettre en garde. Aurait-il flairé dans mon comportement quelque chose de suspect ? Le fait que le directeur m'ait donné l'autorisation d'aller rendre visite à Bove dans sa cellule doit lui déplaire. Il est de notoriété publique ici que ces deux hommes se détestent. Toute décision de l'un est immédiatement sabotée et dénigrée par l'autre et inversement, dans le plus grand secret de polichinelle.

Cela ne m'a pas empêché de passer une partie de la nuit sur mes croquis. J'ai délimité au feutre vert toutes les zones interdites parcourues de rayons que le sous-directeur a baptisées no man's land.

Je dois avouer que je tire de ce travail, je pourrais dire de ce suspense, un certain plaisir. Feuilleter mon carnet dans le silence de la nuit, bien installé dans mon lit, un oreiller dans le dos, ajouter au fil des jours des petits points rouges et verts sur une géométrie noire, comme autant de symboles secrets qui me relient au destin étrange de Bove.

Plus je cherche pourtant, plus l'opération me paraît démentielle. Des milliers d'architectes et de spécialistes ont réfléchi avant moi, forts de siècles d'expérience, aux plus efficaces moyens de contenir des êtres redoutables.

En tout cas ce dont je commence à être sûr, c'est que la solution ne se trouve pas du côté des murs d'enceinte. Comment un Bove amoindri, égaré, réussirait là où de jeunes voyous agiles, rapides et prêts à tout ont échoué ?

Hier, impossible de trouver le sommeil, j'ai allumé ma lampe de chevet pour savoir l'heure : deux heures du matin. Je me suis rhabillé, j'ai bu une tasse de café, j'ai glissé mes jumelles dans la poche de mon blouson et je suis allé chercher ma voiture.

Les rues de Marseille étaient tièdes et calmes. J'ai enclenché la cassette et la voix de Jessie Norman m'a accompagné le long de la passerelle suspendue qui domine les milliers de containers, d'entrepôts et de grues. En roulant, on ne se rend pas compte que des gens à cette heure travaillent dans les ports pendant que d'autres furtivement trafiquent.

La nuit la prison est orange à cause des projecteurs. Elle est impressionnante dans la noirceur des champs. Dès qu'on quitte l'autoroute, on a devant soi un vaisseau de béton.

Je me suis garé dans une espèce de carrière abandonnée, derrière un bâtiment en ruine, et tous feux éteints j'ai observé.

Deux ou trois cents mètres me séparaient des premiers murs. Grâce à mes jumelles j'ai eu l'impression d'entrer dans le mirador. J'ai même été étonné de voir le gardien poursuivre des mouvements très lents tant il m'avait semblé le déranger. Il me tournait le dos et tripotait quelque chose sur son bureau, les yeux fixés sur les bâtiments illuminés.

La lumière des projecteurs est si vive que les détenus camouflent leur petite fenêtre sans volets avec des serviettes-éponges afin de pouvoir dormir. Le règlement l'interdit mais peut-on obliger huit cents hommes à vivre des années sans connaître le repos de la nuit ?

Bove est toujours dans l'aile qui fait face au cimetière américain. Il occupe maintenant la cellule 201, c'est-à-dire la première du deuxième étage. La plus proche du poste d'intervention.

Avec mes jumelles je n'ai eu aucun mal à la repérer. Bien entendu, il n'y avait pas de serviette-éponge devant cette fenêtre. Fait-il encore la différence entre le jour et la nuit ?

Je me suis dit : « S'il savait que je suis là, dissimulé derrière un mur en ruine, à compter les cellules à trois heures du matin parce que je prépare son évasion, il me prendrait pour un fou furieux. » Ne le suis-je pas un peu, quand on voit cette forteresse et ces hommes armés qui veillent dans leur cage de verre ?

Soudain il y a eu deux hommes dans le mirador. Ils se sont passé les consignes et l'un d'eux a disparu. Je sais que la relève se fait toutes les trois heures ; au-delà de ce temps leur vigilance diminue.

Je suis resté longtemps immobile, à promener mes jumelles sur la cité de l'oubli, en revenant chaque fois à la première cellule du deuxième étage. Il m'a semblé qu'elle était à cette heure encore éclairée mais la façade l'était si violemment... Et s'il était à cet instant même en train d'enfouir sa tête dans un sac en plastique ou de s'accrocher par le cou aux barreaux ? Si les psychiatres des Baumettes l'ont renvoyé ici c'est qu'ils l'ont jugé capable de purger sa peine comme tout homme normal. Je ne suis pas loin de penser comme eux mais, tout de même, quelle responsabilité ! Où commence donc la folie ? De toute manière c'est mieux ainsi ; au milieu des fous, il serait peut-être déjà mort.

Une odeur de figuier flottait près de moi dans la nuit d'été. Une odeur d'enfance en banlieue. Je me suis aperçu que les murailles là-bas avaient pâli, le feu orange des projecteurs était moins intense. C'était l'aube.

Au cours du mois de juillet j'ai été content de voir Bove retrouver quelques forces. Son visage était toujours aussi pâle qu'un mur mais l'arrêt des médicaments y avait ranimé une espèce de tension, une flamme noire.

Depuis des années cependant la canicule n'avait été aussi féroce. Chaque cellule était un four. Même les serviettes-éponges trempées, plaquées contre les barreaux, n'arrêtaient pas le feu que déversait le ciel dès huit heures du matin.

J'ai donc été surpris de constater avec quelle ardeur il tripotait à nouveau ses pinceaux. Mathilde est réapparue dans la cellule.

Maintenant que j'avais l'autorisation, je pouvais lui amener tout le matériel qu'il désirait. En quelques jours il a aligné plus de dix toiles. Mathilde y éclatait partout : debout, assise, accroupie, étendue sur des dalles, dénudée ou vêtue d'une robe légère agrafée juste sous les seins, comme pour mieux faire saillir cette poitrine éblouissante et menue. Elle était cernée de paysages étranges, verts ou bleus : morceaux de villes abandonnées, entrepôts désaffectés, gares sans trains où elle allait seule le long d'un quai, entièrement nue sous sa chevelure rouge. Et immanquablement, en haut de chaque tableau, plus loin que tout, la carcasse de la maison incendiée.

Je me demandais ce que signifiait pour lui cette ruine calcinée, telle une couronne funèbre au-dessus de Mathilde. D'où tire-t-il cette obsession ?

Cette femme nue est si belle que je ne peux la regarder sans qu'un désir violent ne me traverse le ventre, comme si ce désir ne venait pas que de la beauté mais de l'inquiétude que m'inspire ce personnage, cette créature énigmatique, si seule dans un univers désolé.

Bove n'utilise pas que les toiles, il s'est mis à la peindre aussi sur les murs. De tous les coins de la cellule, les yeux sans regard de cette femme sont braqués sur lui. Il travaille jour et nuit.

J'ai vraiment l'impression qu'il se jette dans la peinture comme on se jette d'une tour. Ne m'a-t-il pas dit l'autre jeudi : « J'ai voulu me suicider le jour de notre anniversaire mais je sais maintenant que la prochaine fois je parviendrai à la rejoindre » ?

Je n'ai pas su de quel anniversaire il parlait : celui de leur rencontre ou celui de la mort de Mathilde ?

Je suis de plus en plus convaincu que j'ai raison de vouloir à tout prix le tirer de là. Seul, sans répit, avec ce fantôme au visage d'ombre, il mourra. Il faut qu'il voie autre chose que sa faute, autre chose que des barreaux. Il faut que l'on parvienne à le distraire de sa conscience.

On réfléchit, on réfléchit, et brusquement la solution arrive tout naturellement, au moment où on s'y attend le moins. C'est comme pour un poème, un tableau. Un beau jour on attrape sa plume ou son pinceau et en quelques instants se dresse devant vous quelque chose de sublime, d'étonnant, et on se dit : Comment ai-je pu faire ça ? D'où cela a-t-il bien pu venir ? Enfin j'imagine que les artistes agissent comme cela. Ce qu'on ne voit pas, c'est qu'il a fallu des années de réflexion, d'émotions, de sensations pour que soudain, en une poignée de secondes, le miracle surgisse.

Pour mon histoire d'évasion c'est comme cela que c'est arrivé, le plus simplement du monde. Je venais de franchir les sept grilles électroniques avec une telle facilité sous l'œil des caméras, qu'à l'instant de passer la dernière et de me retrouver sur le parking, à l'instant où deux surveillants me faisaient un petit signe distrait de la main derrière la vitre pare-balles du poste de garde et que je le leur rendais, je me suis dit : « Mais si Bove avait mon visage, c'est lui qui serait sur le parking à cette heure, libre de partir en courant, de se rouler par terre ou d'attendre le bus... »

Je me suis laissé tomber sur le siège de ma voiture. J'étais comme sonné. Mais comment n'y avais-je pas pensé plus tôt ? J'étais venu scruter de nuit, avec des jumelles, des murs infranchissables alors qu'il suffisait que je prête à Bove mon visage... Quelques centimètres de peau. Avec tous les effets spéciaux dont le cinéma est capable cela ne devait pas être impossible de créer un visage ou l'illusion d'un visage.

Je n'avais pas le moindre début d'idée sur la technique ni la matière avec laquelle devrait être fabriqué ce visage, mais la clé était là. Depuis des mois j'avais tenté d'approcher, de comprendre, de m'emparer un peu de la personnalité de Bove pour des raisons qui me demeuraient très troubles ; je pouvais bien lui prêter l'apparence de la mienne afin qu'il sorte vivant de l'enfer.

Pour la première fois je n'ai pas introduit ma cassette dans le lecteur en fonçant vers Marseille. J'étais bien trop fébrile pour atteindre la voix de Jessie Norman.

Je ne saurais rien dire de cette soirée. Ai-je avalé la moindre miette ? Je ne sais même pas si je suis rentré chez moi avant d'errer au hasard dans les rues de la ville. J'étais comme fou, j'étais un autre homme. Pour moi c'était fait, il était dehors.

C'est en regardant sans vraiment le voir un semi-remorque garé au milieu du trottoir « Déménageurs spécialisés, Georges MARCELLIN » que brusquement j'ai pensé à Georges, mon plus vieil ami.

« Nom de Dieu, me suis-je dit, comment n'y ai-je pas songé plus tôt », et j'ai bondi dans le premier café encore ouvert.

Depuis que Laura m'a quitté je crois que je n'ai plus appelé Georges. Je l'ai fait tant de fois pendant des années que son numéro est gravé dans ma tête à côté de celui de ma mère qui ne répondra plus. Je ne décroche que rarement lorsque j'entends la sonnerie de mon téléphone. Je ne sais pas pourquoi je dis ça, il ne sonne jamais.

Je ne connais personne qui possède l'intelligence manuelle de Georges. Il est un peu paresseux mais de l'or scintille au bout de chacun de ses doigts. Il est resté une éternité aux Beaux-Arts, en grande partie pour les filles, maintenant il gagne mal sa vie en donnant des cours de guitare. Sa vraie passion c'est la mer, il s'est construit un voilier de douze mètres que tout le monde lui envie, un magnifique cotre en bois.

On a décroché et au « Heueu... » lointain que j'ai entendu dans l'appareil j'ai compris que je le réveillais.

« Georges, c'est moi !
— Quoi ? Quelle heure... ?
— C'est Ralph !

— Ralph... Mais... Qu'est-ce qu'il arrive ? »

J'ai éclaté de rire.

« Une seconde... Je mets ma tête sous le robinet », a-t-il marmonné.

J'étais content d'avoir entendu sa voix dans un coin de la nuit, pleine de sommeil et rassurante. Ses pas sont revenus.

« Ça y est. J'espère que c'est un peu grave quand même, à deux heures du matin après un an de silence. Où tu es ?

— Dans un bar.

— Ah... Tu ne te couches plus comme les poules ?

— Georges, j'ai besoin de tes conseils pour un masque. »

Au nouveau silence de l'appareil j'ai cru qu'il s'était rendormi.

« Un masque ?

— Il faut que je fasse faire un masque qui soit la copie exacte de mon visage. »

Cette fois c'est lui qui a éclaté de rire.

« Si c'est pour un braquage, tu ne crois pas que la tête de Georges Marchais ce serait moins risqué ?

— C'est plus compliqué que ça, il faut que ce soit mon visage, trait pour trait, et qu'on s'y casse le nez. »

J'ai attendu quelques instants avant qu'il me demande :

« Ralph, tu as fumé ?

— Non.

— Qu'est-ce que c'est que cette histoire de fous à deux heures du matin ?

— Écoute-moi bien, Georges, c'est une question de vie ou de mort, et tu es le seul à pouvoir me conseiller. Est-ce que c'est, oui ou non, possible de fabriquer le double d'un visage ? Je pense qu'au cinéma on peut y arriver mais...

— Pas qu'au cinéma, quand j'étais aux Beaux-Arts nous avons fait ça pour une troupe de théâtre, comme tu dis on s'y cassait le nez.

— Tu veux dire que toi ?...

— Évidemment, il suffit de se procurer les matériaux un peu spéciaux et d'avoir deux sous de jugeote. Passe à la maison, disons... Dimanche matin. Ça me laisse deux jours pour tout réunir ; je pense que chez Graphigros... Dimanche, ça te fait trop tard ?

— Pas du tout, je n'imaginais pas que tu pourrais le faire toi-même, je t'appelais pour des conseils. Tu ne peux pas savoir comme je suis... Au fait, j'ai du réveiller Boule ?

— Nous sommes séparés depuis quelques mois. »

À nouveau sa voix s'était éloignée. Comme il n'avait pas changé d'adresse j'ai pensé que Boule était partie, comme Laura. Je lui ai demandé :

« Et les jumeaux ?

— On se les partage.

— Un chacun ?

— Mais non enfin, des jumeaux ! Tu pars vraiment en biberine ! On les garde chacun son tour. Bon écoute, je ne vais pas te raconter ma vie à poil au milieu de la nuit. Viens dimanche avec ton histoire de fous. Ça, c'est la meilleure, pendant un an je ne te vois pas et, brusquement, tu viens chercher un deuxième visage ! En parlant de jumeaux je me demande si vous n'étiez pas deux à la naissance, tu devrais te renseigner, depuis que je te connais tu as toujours l'air de chercher ton frère. »

Les deux jours qui ont suivi ont été plus longs que l'été. Je ne voyais que Bove, franchissant l'une après l'autre les sept grilles grâce à mon visage. Les systèmes électroniques les plus sophistiqués avaient leur force, je venais peut-être de mettre le doigt sur leur talon d'Achille. Si toutefois Georges parvenait à réaliser l'impossible, un travail de très grand artiste.

Pendant ces deux journées interminables, combien ai-je avalé de cafés en faisant les petits bonds qui séparent les terrasses de tous les bistrots du port ? Combien de fois ai-je lu et relu *Le Provençal*, sous l'ombre placebo des parasols ? J'ai appris ainsi qu'une jeune mère venait de jeter son nouveau-né dans le vide-ordures du sixième étage et que le bébé avait été retrouvé indemne, coincé trois étages plus bas. J'ai également appris que la femme idéale des Français avait les yeux d'Isabelle Adjani, la bouche et la poitrine de Marilyn Monroe, et les jambes de Kim Bassinger.

Avec toutes les femmes qui défilaient devant

moi, sac de plage suspendu à l'épaule et jambes d'or, je me suis dit que les Français étaient bien compliqués et que n'importe laquelle de ces herbes d'été qui frôlaient mon guéridon n'aurait eu qu'à me regarder un instant pour devenir mon idéale. Aucune, pourtant, j'en étais sûr, ne pourrait remplacer Laura que je n'avais pas eu le courage d'aller revoir depuis les premiers beaux jours.

Pas plus que les deux jours précédents je n'ai pu sombrer dans un vrai sommeil, tout au plus une heure ou deux d'anéantissement agité.

Dès l'aube du dimanche je me suis rendu chez Georges. Malmousque est un petit village au cœur de Marseille, accroché à quelques roches claires face à l'immense rade. Pour atteindre la maison de mon ami, enfin son cabanon, on dégringole une étroite ruelle en escalier et au moment de plonger dans la mer on a sous la main, comme pour se retenir, le portail en bois de son jardin en forme de coquille Saint-Jacques, pas plus grand que la main.

Maison et jardin étaient silencieux. La ville entière d'ailleurs l'était à cette heure, je n'avais croisé que quelques sportifs s'adonnant au jogging dans l'air encore pur du matin.

Je me suis installé dans un fauteuil d'osier malgré mon envie folle d'aller secouer Georges. Sur ma gauche le soleil naissant ciselait à la pointe de cuivre l'île Tiboulen et le massif de Marseille-veyre. Lentement une brume lilas a glissé vers le large, laissant étinceler la roche blanche du Frioul et du château d'If. Pouvait-on assister à spectacle plus grandiose, plus calme ? Où que ma mère soit à cette heure, j'étais sûr qu'elle voyait comme moi ce miracle. Pouvait-elle être privée à jamais d'une beauté qui avait été la nôtre, que si longtemps nous avions partagée ?

Des voix d'hommes me parvenaient d'une barque de pêcheurs qui doucement contournait la pointe. En quelques secondes l'horizon entier s'est dégagé et une chaleur de four, brutalement, a embrasé la rade et rendu aveuglant le miroir infini.

On ne pouvait pas vivre plus près de la mer. Je suis entré dans la maison, Georges ne fermait jamais à clef. Le désordre ici était si ahurissant qu'un cambrioleur aurait pris peur et tourné aussitôt les talons, persuadé qu'un confrère venait juste de le précéder.

Dans l'une des deux chambres, nu en travers d'un lit, Georges était crucifié par le sommeil. J'ai fait entrer d'un coup toute la vaste lumière.

« Mais qu'est-ce qui te prend de me brutaliser depuis deux jours ! a-t-il hurlé. Si c'est pour me torturer il fallait rester où tu étais, je viens tout juste de m'endormir !

— Prends une douche, Georges, je nous prépare le meilleur des cafés. »

Sa tête ressemblait au lit qu'il n'avait pas dû refaire depuis le départ de Boule. À voir la maison cela ne devait pas dater d'hier.

Un moment plus tard il est venu me rejoindre sous le parasol, près d'une table en marbre où j'avais déposé beurre, confiture, café et pains rassis ; je n'avais même pas eu la délicatesse d'acheter les croissants chauds. Dans un petit short décoré de nounours roses il souriait.

« Maintenant que nous avons réussi à nous faire abandonner par nos femmes, nous allons enfin pouvoir repartir tranquillement aux Saintes-Maries. Regarde un peu cette mer, chaque matin je remercie le bras, la main et tous les doigts de Dieu... Bon, sers-moi un grand bol de café et ton histoire de fous. »

Je lui ai raconté, sans omettre un détail, la vie de Bove depuis le jour où il était venu timidement s'asseoir un peu à l'écart de notre table d'écriture ; ses années murées dans un cube de béton à tout partager avec une morte ; sa peinture d'une beauté troublante ; son suicide ; le quartier psychiatrique et bien entendu mon projet d'évasion.

À chacune de mes paroles je voyais s'éloigner le sourire de Georges tel celui d'un mari qui écoute sa femme, de retour de voyage, lui raconter l'aventure fabuleuse qu'elle vient de vivre. Était-il jaloux ?

Il a posé son bol sur le marbre et m'a dit, la voix blanche :

« Mais tu es beaucoup plus atteint que je ne pensais, Ralph, c'est beaucoup plus grave ! Ton schizophrène n'a pas une chance sur cent de sortir de prison mais toi tu en as plus de quatre-vingt-dix-neuf d'aller l'y rejoindre. »

Oui, ça ne pouvait être que de la jalousie et je la comprenais après mon silence d'un an. N'aurais-je pas eu la même attitude à sa place ?

« Il y a des mois que je l'étudie cette prison, Georges, c'est sa seule faiblesse. Maintenant ça ne dépend que de toi, es-tu oui ou non capable de me fabriquer ce masque ?

— Non !
— Pourquoi ?
— Parce que tu es beaucoup trop laid ! » a-t-il articulé avant qu'un rire brutal ne le plie en deux.

Je retrouvais avec plaisir mon ami de vingt ans, celui du flamenco sur la plage, des jeunes filles envolées, de tous nos rires. Le sien m'avait toujours apaisé ; un homme qui vivait tout contre la mer ne pouvait pas nourrir de bien solides rancunes.

« Viens, m'a-t-il dit, rentrons. Ici le masque sécherait trop vite, c'est l'Afrique sur cette rocaille. Emporte ton fauteuil d'osier, c'est là que tu seras le mieux installé. Pendant que je réunis le matériel, va te mouiller les cheveux, plaque-les en arrière et enfile sur ton crâne la jambe de collant que tu trouveras sur le lavabo... Tu dégages bien ton front et tes oreilles. »

J'ai fait ce qu'il me disait en me demandant si j'aurais eu le courage de découper les collants de

Laura comme il venait de le faire avec ceux de Boule.

Quand je suis revenu torse nu et ainsi préparé dans la cuisine-salle à manger-atelier-foutoir, il touillait avec sa main, dans une bassine, une belle crème onctueuse.

« Qu'est-ce que c'est ? lui ai-je demandé.

— Alginate à prise lente délayé dans de l'eau, un truc à base d'algues marines, ce qu'on peut trouver de mieux pour mouler un visage, de plus fidèle. Le seul inconvénient est qu'il faut se grouiller, ça n'a de lent que le nom... Tiens, pendant que je réduis les derniers grumeaux, enduis tout ton visage avec cette huile, sans oublier le moindre centimètre carré sinon nous aurons des problèmes au démoulage. »

J'ai suivi ses conseils, abondamment.

« C'est ça, insiste bien sur les cils, sourcils et contour des muqueuses... Parfait ! Maintenant attrape ces deux pailles sur la table et fourre-les dans tes narines, c'est grâce à elles que tu respireras... Ça y est ? Bon, assieds-toi et prends la bassine sur tes genoux... Tout va bien, tu est calme ? »

J'ai fait signe que oui afin de ne pas faire tomber mes pailles. Il mourait d'envie de rire en me regardant et se mordait l'intérieur des joues. Je devais ressembler à un morse avec mon crâne lisse et luisant et mes défenses. Il prenait sa petite revanche sur mon silence et mes réveils brutaux.

« À présent ferme les yeux et détends-toi, s'il y a quoi que ce soit tu lèves la main. Pendant quelques minutes tu vas être dans le noir. Tu n'es pas trop claustrophobe, j'imagine, puisque tu peux aller en prison, moi je ne pourrais pas. »

Cette fois j'ai fait signe que non.

Il a rempli ses deux mains de pâte qu'il a appliquée d'abord sur le sommet de mon crâne puis le contour du visage. C'était comme un flan tiède qui coulait sur mon cou. Il a maçonné mes paupières et je suis entré dans une espèce de nuit. Seule sa voix me parvenait, régulière et rassurante. Il m'expliquait chacun de ses gestes ; ses doigts étaient de plus en plus légers à mesure que la couche épaississait et, à l'aide d'un petit instrument que je ne pouvais voir, sans cesse il dégageait mes narines.

« Dommage que je n'aie pas acheté de pellicule, si tu te voyais, tu es presque beau comme ça, beau à faire peur ! »

Cette fois il n'a pas pu résister à l'envie d'exploser. Je n'ai plus senti ses mains, il devait être un peu plus loin, quelque part tordu sur le sol. Je l'entendais glousser.

Au bout d'un moment il s'est rapproché, d'une voix encore fragile il m'a dit :

« Excellent, le moule est devenu une gelée compacte, je vais le renforcer avec des bandes plâtrées sinon il se déformerait. »

Il s'est affairé encore quelques minutes autour de mon visage. Je sentais que je m'endormais. Une douce chaleur nocturne m'emportait.

« Tu m'entends, Ralph ?... Ho ! »

Il me secouait l'épaule.

« Ah, tu me rassures, je commençais à me demander si tu n'étais pas mort asphyxié. On ne peut pas espérer cobaye plus soumis. Attention, je crois que c'est bon, ça va être à toi de jouer... Penche-toi doucement en avant tout en retenant le moule dans tes mains, très délicatement. Attends, je découpe le collant derrière ta tête... Voilà ! Commence à remuer doucement chaque muscle de ton visage, fais des grimaces... Encore... Plisse ton front. »

J'ai senti ma tête tomber dans mes mains.

« Magnifique ! »

J'avais sous les yeux l'empreinte déconcertante de mon visage basculé dans l'eau profonde du sommeil. La moindre petite ride était inscrite au fond de ce double étrange.

« Je ne pensais pas que nous réussirions si bien dès le premier essai. Donne-moi le bébé, m'a dit Georges, il faut le rincer tout de suite à l'eau et ne plus le toucher pendant quelques heures.

— Mais, je ne comprends pas, l'extérieur du masque est informe, c'est ça que les gardiens vont voir ? »

Il m'a regardé comme si j'arrivais tout droit de la lune.

« C'est moi qui comprends de mieux en mieux pourquoi tu n'as pas pu devenir écrivain, un masque, Ralph, c'est comme un roman, ça se construit chapitre par chapitre ; tu croyais peut-être qu'en cinq minutes j'allais sortir ton jumeau ? Nous n'avons pas fait le quart du travail, ceci n'est qu'un premier moule... Sers-nous encore un café et essaie de me suivre. Demain, je vais couler dans ce moule creux du plâtre qui donnera une fois sec la forme exacte de ton visage, mais en relief cette fois. Ce n'est qu'alors que nous pourrons fabriquer le masque définitif en coulant de la mousse de latex entre les deux formes, la creuse et l'autre... Tu ne m'as pas l'air très convaincu ?

— Si si, je... De la mousse de latex ?

— C'est ce qu'il y a de plus vivant, de plus souple. J'ai tout trouvé chez Graphigros. Je ne vais pas t'expliquer chaque détail, quand nous serons en prison, toi et moi et Graphigros, nous aurons tout le temps de fabriquer des masques. »

Le reste de la journée nous avons évoqué nos plus beaux souvenirs, nous nous sommes baignés plusieurs fois sous le petit mur du jardin et Georges m'a dit que l'eau était à 28 degrés ; il n'avait jamais vu ça surtout près des rochers.

Vers trois heures de l'après-midi nous avons fait griller sur des branches de fenouil un loup qu'il avait pêché la veille. C'était une journée extraordinaire, comme je n'en avais pas passé depuis des années, mais je n'arrivais pas a oublier complètement Bove que j'imaginais assis sur son lit, dans le silence accablant de ce dimanche, pareil à tous les dimanches qui s'étaient écoulés et qui s'écouleraient derrière les murailles aveugles de toutes les prisons.

Nous ne nous sommes séparés que tard dans la nuit. Il m'a dit :

« Achète une perruque qui ressemble le plus

possible à ta coupe et couleur de cheveux et reviens me voir mercredi. Si tout marche comme aujourd'hui, tu repartiras avec ta tête sous le bras. Avec un peu de chance un autre loup se sera réfugié dans la fraîcheur de mon frigo. Je ne sais pas si tu t'en es rendu compte mais tout à l'heure tu ne m'as laissé que le fenouil. »

Lorsque je suis revenu le mercredi matin, ma tête était posée sur la table au milieu de la pièce. J'ai été déçu, c'était mes traits mais il n'y avait aucune vie. Georges s'en est aperçu.

« Ne t'affole pas, je te présente ton fantôme ; donne-moi la perruque et assieds-toi là, dans la lumière de la porte. Pour reproduire exactement la couleur de ta peau celle de dehors est trop crue. »

Durant toute la matinée je lui ai servi de modèle. Il a tâtonné très longtemps sans desserrer les dents. Ses yeux allaient de mon visage à sa palette où il mélangeait avec des délicatesses de papillon des pointes infimes de vermillon et d'ocres diverses que son pinceau de soie butinait.

Il a ensuite retouché la perruque puis, à l'aide de quelques brins de mes cheveux, il a reconstitué les deux arcades sourcilières.

Quand il s'est laissé glisser d'épuisement contre le mur il y avait deux Ralph dans la pièce. Mon fantôme venait de faire un petit détour par une station balnéaire. J'étais stupéfait.

« Je vais te donner un tube de colle spéciale afin que ton Bove le fixe bien sur son visage, et qu'il n'oublie pas de fermer le col de sa chemise sinon on pourrait voir la différence de peau ; j'imagine qu'il est plus blanc que toi s'il ne sort jamais... C'est bien beau de s'occuper de la tête des autres mais j'en piquerais volontiers une. »

Trente secondes après nous nagions côte à côte vers le large.

Ruisselants et heureux nous sommes rentrés dans la petite maison blanche et Georges m'a dit :

« Regarde à quoi je pense depuis ce matin. »

Il me montrait un plat en terre cuite émaillé où marinait une dorade royale dans de l'huile d'olive, de l'ail et du fenouil.

« Je vais la préparer en papillote et la passer tout doucement sur le gril. »

Ses yeux clairs lançaient plus de feu que le soleil qui à cette heure incendiait l'horizon d'un bout à l'autre de la rade, allumant sur le dos de la mer des millions d'écailles.

Nous sommes restés tout l'après-midi, volets tirés, dans la pénombre de la maisonnette et Georges, comme jadis après un bon repas, m'a raconté l'histoire de son enfance en Grèce puis celle de son père, grand-père et au-delà qui tous avaient été pêcheurs d'éponges sur l'île de Kalymnos.

Légèrement somnolent j'écoutais chanter sa voix et je me demandais si je ne m'étais pas trompé de vie. À quoi m'avaient mené toutes ces vaines tentatives d'écriture, si ce n'est à être chaque jour un peu plus seul, un peu plus inquiet. Et cette histoire de fous, comme disait Georges, cette sinistre histoire de prison qui me ramenait sans cesse vers les couloirs de nuit. Mon ami venait de réussir un masque d'artiste et il l'avait déjà oublié, oublié tous ses talents qui auraient pu faire de lui un homme reconnu, fêté. Seuls comptaient pour lui la respiration éternelle de la mer et ces petits instants d'amitié que le temps ne pourrait jamais lui ravir.

Je l'écoutais parler et j'enviais cette grâce. Combien de fois avais-je essayé de le suivre ? Maintenant je savais que quelques heures plus tard, dans le silence de ma chambre, je serais repris par mes démons.

Il faisait nuit depuis longtemps mais la température ne semblait pas avoir baissé lorsque Georges m'a raccompagné jusqu'au petit portail.

« Je n'ai pas changé d'idée, m'a-t-il dit, même si le masque est réussi je pense vraiment que tu vas faire une folie. Admettons que ça réussisse, où va-t-il pouvoir se réfugier ? Toutes les polices seront à ses trousses. Ce n'est même pas un voyou, il lui faudrait des faux papiers.

— Je sais, pour l'instant je n'ai pensé qu'à l'évasion. S'il pouvait passer à l'étranger... »

Nous sommes restés un moment silencieux. Tout près, la houle nocturne froissait contre la roche sa sombre robe de soie.

« Une seconde... »

Il a disparu quelques instants dans la maison.

« Tiens, voilà les clés de mon bateau, en attendant de trouver mieux tu peux toujours le planquer là. »

J'étais sans voix.

« Mais, Georges... Non je ne peux pas, tu m'as déjà tellement aidé, je...

— S'il y a quoi que ce soit tu diras que je t'ai prêté le bateau pour l'été. Je ne suis au courant de rien, tu as tout organisé dans mon dos. Je n'ai vraiment pas envie d'aller en prison, Ralph, même pour trois mois, je crois que j'en mourrais. Alors, écoute-moi bien. La *Soléa* n'est plus amarrée comme les années précédentes contre les vieux gréements du fort Saint-Jean ; maintenant, j'ai un anneau près de la Criée. Tu vois le petit *Café des Arts* ? Eh bien, la panne est juste en face. La *Soléa* est tout au bout, c'est l'avant-dernier voilier à droite. Tu es venu à bord assez souvent pour que je n'aie pas à t'expliquer comment on y vit. Les placards et les fonds sont bourrés de boîtes de conserve, si l'évadé aime ça il peut s'en donner à cœur joie, moi je n'en mange plus.

— Georges, tu es très gentil mais je ne peux pas accepter, tu n'imagines pas à quel point je suis touché, ce bateau est ce que tu as de plus cher, surtout en été.

— Surtout pas en été ! C'est la seule saison où je n'y mets pas les pieds, le port grouille de touristes, de voiliers de location, d'emmerdeurs. L'été ! Mais c'est l'enfer sur le port ! Je n'y vais qu'une fois par semaine pour faire tourner le diesel. Non, au contraire, au milieu de la cohue personne ne fera attention à lui. Les gens débarquent des quatre coins de la terre dans une pagaille indescriptible. En hiver, ce serait plus risqué, il n'y a que deux bateaux habités sur toute la panne. Allez, prends les clés et tire-toi, demain à huit heures je donne un cours de guitare à une gamine qui me fait mourir ; si tu voyais vivre ses petits seins quand elle joue... Je me demande ce que je peux bien lui apprendre, dès qu'elle arrive j'ai les mains qui tremblent. Elle me rend dingo ! »

J'ai glissé les clés dans ma poche, j'ai embrassé mon ami et par les étroites ruelles en escalier j'ai regagné la nuit.

Le lendemain vers huit heures j'ai rangé délicatement perruque et masque dans le cartable que les gardiens ne m'ont que rarement demandé d'ouvrir, et encore au début, en me disant que l'écriture c'était de la brioche que l'on donnait à des cochons. Depuis que je mange au mess avec eux, ils me voient d'un autre œil. Ils me méprisent moins et je leur fais moins peur.

En quittant Marseille déjà toute dorée par ce nouveau matin j'ai pensé à Georges qui avait rendez-vous avec les plus beaux seins du monde et moi peut-être avec un fou.

Seul dans ma voiture j'ai souri. Le moindre détail de l'évasion était réglé, il ne me restait plus qu'à avertir l'évadé.

Comme très souvent à midi Orsini m'a accompagné jusqu'à la cellule de Bove. Il ne tenait plus en place, le lendemain soir il prenait avec sa famille un bateau, et trois semaines en Corse !

« Je n'en peux plus, m'a-t-il dit, chaque été c'est pareil, avec ces chaleurs on se demande tous les matins quand est-ce que ça va péter. »

J'étais soulagé, il ne serait donc pas là le jour de l'évasion. Personne ne pourrait l'accuser d'avoir permis ou facilité quoi que ce soit. Brave Orsini. S'il avait pu imaginer ce que j'étais en train de dissimuler grâce à sa protection.

Bove était assis par terre, adossé au mur. Quand nous avons été seuls il m'a demandé en fixant le cartable :

« Vous m'avez apporté des tubes de couleur ? »

J'ai hésité.

« Non, je vous ai apporté La Couleur. »

Bien entendu il ne pouvait comprendre. J'ai ajouté :

« Je vous ai apporté la mer, la nuit d'été, les vagues et les forêts. »

Sans remuer d'un pouce c'est moi qu'il fixait à présent. Je me suis assis au bord du lit, bien en face de lui et j'ai dit :

« Bove, je vous ai apporté la liberté. Avec ce que j'ai là-dedans (j'ai posé ma main sur le cartable), vous allez pouvoir sortir d'ici comme d'un moulin. »

Mes paroles n'ont tiré aucune expression de son visage.

« Qui vous dit que j'ai envie de sortir d'ici ? »

J'ai été traversé d'un profond malaise.

« Vous me l'avez dit vous-même, si vous restez ici vous mourrez.

— J'ai dit que la prochaine fois que j'essaierai de me détruire j'y parviendrai. C'est différent... les vagues, les forêts, la nuit, ces mots n'ont plus de sens pour moi, plus d'odeur, ici ou dehors l'été sera toujours le même. Je ne sais plus ce que c'est que l'été, la mer n'a jamais existé. »

Sans oser me l'avouer, je savais en préparant l'évasion qu'il me dirait à peu près ça. C'est pour cela justement que j'étais allé jusqu'au bout. Il était peut-être le seul homme dans cette prison à être vraiment condamné.

« Cela ne vous empêche pas de me montrer ce que vous avez, nous passerons bien un quart d'heure. Mais que ce soit un revolver, une lime ou des ailes d'oiseau, rien ne me permettra d'aller rejoindre Mathilde, et je suis le seul à cette minute à savoir où elle est. »

Il avait sans doute raison, tous mes préparatifs secrets, mes manigances ne serviraient qu'à oublier quelques instants le grondement sourd de la prison. J'ai jeté un coup d'œil vers le judas et j'ai ouvert le cartable. Une seconde plus tard je tenais ma tête dans mes mains.

Je m'étais attendu à tout sauf à ça. Pour la première fois Bove a éclaté de rire. Oui, il riait bruyamment, il riait comme un enfant en se tenant le ventre, ses épaules sautaient. Et cette seule image me faisait tant de bien qu'elle justifiait toutes mes extravagances.

Lentement il s'est apaisé mais son visage retenait une lumière qui n'avait pas dû se poser là depuis bien des années.

« Quand j'ai vu votre tête posée sur vos genoux, je ne sais pas pourquoi j'ai brusquement pensé à Marie-Antoinette regagnant tranquillement sa cellule juste après l'échafaud. C'est drôle, vous ne trouvez pas ? Je crois que vous lui ressemblez. On dit qu'elle était intrigante. »

J'étais content soudain de le voir enfin détendu, presque bavard. Il m'a observé longtemps avant de me demander : « Pourquoi faites-vous tout ça, je ne suis même pas votre ami ? »

J'ai répondu sans réfléchir : « Vous êtes un véritable artiste. »

Il s'est dressé, est allé se coller contre la porte. Me tournant le dos il a dit : « Il n'y a que pour vous que je sois un artiste, pour tous les autres je suis un meurtrier, un assassin, et ce sont eux qui ont raison. »

Il est revenu s'asseoir près de moi, sur la chaise cette fois.

« En tout cas je vous remercie, vous avez déjà tellement fait pour moi. Je n'ai plus une seule visite, ma famille m'a renié. Vous êtes le seul à essayer de me comprendre. Je voulais vous le dire depuis longtemps, j'ai beaucoup de plaisir à bavarder avec vous. Je ne crois pas que je sortirai vivant d'ici mais vous vous êtes donné tant de mal pour moi, je peux au moins vous écouter, on ne sait jamais après tout. »

Le film de son évasion je me l'étais projeté cent

fois durant les nuits d'insomnie. Je connaissais au millimètre le moindre geste qu'il aurait à faire. J'ai enclenché la bobine.

« Eh bien voilà, commençons par le début. Jeudi prochain vous mettrez le jean noir que vous portez aujourd'hui et la chemise blanche qui est dans votre placard, celle qui garde encore le parfum de Mathilde. Pour venir à la prison je m'habillerai moi-même comme cela, blanc et noir, très tranché. Ce jour-là, je ne vous rendrai pas visite. Comme vous ne descendez jamais en promenade, vers quatre heures de l'après-midi vous glisserez dans votre chemise le masque et la perruque puis vous appellerez le surveillant d'étage. Vous prétexterez une douleur atroce à la tête ou aux dents et demanderez la permission d'aller à l'infirmerie. Les gardiens ont trop peur que vous vous suicidiez pour vous refuser quoi que ce soit. L'infirmier vous donnera quelque chose et, au moment de regagner votre cellule, vous entrerez dans les toilettes qui se trouvent à la sortie de l'infirmerie, dans l'étroit vestibule sans lucarne ni caméra. Vous me suivez ?...

« C'est dans ce réduit que vous fixerez sur votre visage le mien et mes cheveux. Tenez, ce petit pot de colle vous y aidera. Sans colle, le masque glisserait. Surtout tendez-le bien sur votre peau, évitez les rides. À partir de cette seconde, tout le monde doit croire que c'est moi qui me déplace dans la prison, mais vous ne croiserez personne, les détenus sont encore dans les cours. Seules les caméras vont vous suivre... Me suivre.

« Traversez le rond-point et présentez-vous devant le couloir qui mène à la sortie. Vous apparaîtrez sur les écrans du P.C.I. De deux choses l'une, soit ils reniflent quelque chose et vous les verrez rappliquer en force, soit comme je le crois la grille s'ouvrira. Engagez-vous alors dans le couloir sans vous presser, le plus calmement du monde. Si vous croisez qui que ce soit, faites semblant de relacer vos chaussures, le masque est conçu pour les caméras, un homme à un mètre ne s'y tromperait pas. Au bout de ce couloir vous buterez contre ce qu'ils appellent la porte 42, c'est la plus importante du dispositif, elle verrouille toute la détention. Ils vous observeront minutieusement sur leurs écrans mais depuis cinq ans qu'ils m'y voient, il n'y a aucune raison pour qu'une puce leur saute à l'oreille. Une fois franchie la porte 42, deux autres portes blindées devraient s'ouvrir d'elles-mêmes et vous vous retrouverez à l'extérieur du bâtiment. Toujours à la même allure, dirigez-vous vers le mur d'enceinte. Il ne vous reste plus qu'à passer dans le sas... Il y a tant d'années que vous n'avez pas mis le nez dehors, vos yeux risquent de souffrir, à cette heure le soleil est encore méchant. Les deux gardiens que vous apercevrez derrière les vitres pare-balles devraient vous faire un petit signe de la main qui signifie "C'est bon", répondez-leur de même, c'est ce que je fais toujours ; vous voyez, comme cela, très sobre. La dernière porte blindée s'ouvrira et vous serez sur le parking, dehors...

« Ça paraît compliqué mais vous verrez ça

roule. Vous serez libre en moins de temps qu'il n'en faut pour vous l'expliquer. Le seul danger est de se retrouver face à face avec quelqu'un... Une fois à l'air libre, marchez droit devant vous jusqu'à la cabine téléphonique, c'est là que je garerai ma voiture, une vieille 504 Peugeot blanche décapotable. Elle sera ouverte, vous trouverez la clé de contact sous le siège avant. Ne vous attardez pas, filez. J'espère que vous saurez encore passer les vitesses, ça n'a pas changé, toujours le fameux H. Ne dépassez pas le 60 kilomètres-heure. Ils s'apercevront de votre disparition une demi-heure plus tard mais ne la signaleront qu'après avoir passé toute la prison au peigne fin.

— Et vous, comment ferez-vous ?

— Ne vous en faites pas pour moi. Tous les jeudis à dix-sept heures, le service social se réunit pour faire le point, j'y vais quelquefois dire deux mots de l'atelier d'écriture. À dix-neuf heures tous les gardiens sont relevés, je me débrouillerai pour partir après avec les assistantes sociales et l'éducateur. Les nouveaux surveillants en poste ne sauront pas que je suis déjà sorti. Pour une fois je prendrai le bus...

« Justement, écoutez bien la suite. Avec ma voiture vous irez jusqu'à Marseille, vingt kilomètres, sur le Vieux-Port exactement. Vous vous garerez devant la Criée, sur le quai qui fait face à la mairie. Ouvrez alors la boîte à gants, vous y trouverez une enveloppe contenant une paire de clés et toutes les explications nécessaires. Vous allez vivre quelque temps sur un voilier magnifique, la *Soléa*.

Après nous verrons bien, enfin vous choisirez... Je ne viendrai vous voir que quelques jours plus tard si tout est calme ; il y a de fortes chances pour que je sois soupçonné. Le voilier contient tout ce qu'il faut pour vivre, évitez de vous balader en ville, la police sera sur les dents. Voilà, je vous laisse mon visage, libre à vous de le détruire ou de vous en servir. Il nous aura au moins permis de passer un moment et donné l'illusion que nous pouvons choisir. »

Pendant tout ce temps où j'avais parlé, sans cesser d'être étonné par son incroyable impassibilité, pas un seul de ses traits n'avait trahi surprise, joie, ennui ; je me demandais s'il avait suivi chacun de mes pas qui le guidait vers la sortie ou s'il n'avait pu se soustraire une seule seconde à l'empire de la morte.

Le claquement des premières serrures dans le couloir nous a fait savoir qu'il était l'heure de nous séparer. Son regard était devenu si fixe, si métallique que je n'ai pas osé lui serrer la main ni lui souhaiter bonne chance.

Le lendemain en me réveillant je me suis dit : Cette fois la balle est dans son camp, je ne peux plus rien pour lui. S'il veut crever ça le regarde, on ne fait pas le bonheur des gens à leur insu. Et puis j'ai un père après tout, il y a combien de temps que je ne suis pas allé le voir ?

Bref, j'en avais peut-être un peu trop fait et je

me sentais fatigué. J'ai pris une bonne douche et je suis descendu m'installer à la terrasse de *La Barbotine,* juste sous mes fenêtres. J'ai trempé dans un double café un croissant que Mireille, la patronne, venait juste d'aller chercher tout chaud au coin de la rue. La place était fraîche, gaie et encore pleine de couleurs à cette heure. Un employé municipal l'arrosait en bavardant. Oui, la plus belle des heures pour lire son journal et relever la tête chaque fois que sonne sur le sol mouillé une paire de talons aiguilles.

Je serais volontiers resté là toute la matinée mais ma première pensée avait été pour mon père.

Je l'ai reconnu tout de suite dans la salle à manger plié en deux sur son chariot au milieu d'une nuée de petites vieilles qui se ressemblent toutes, cheveux très fins, très blancs et très rares sur de légères carcasses d'oiseaux. Chacune se raconte à elle-même, depuis des années, la même histoire insensée en attendant l'heure de la soupe ou de la purée. Elles emplissaient la pièce d'un long bourdonnement d'essaim.

Un jeune homme peignait sur le mur du fond une fresque champêtre : un berger s'avançant dans une belle perspective de lavandes, bâton à la main, suivi d'une dizaine de brebis. Cela pouvait aussi représenter la femme de service entourée de son troupeau de têtes blanches.

Mon père m'a aperçu et son visage s'est illuminé.

« Ah ! C'est toi... Tu étais malade ?... Ramène-moi vite dans ma chambre, je ne peux plus supporter ces folles. Il faut absolument que tu trouves un moyen pour me faire sortir d'ici. »

Je l'ai embrassé et j'ai poussé son fauteuil à travers les couloirs en lui demandant si son voisin était toujours aussi agité.

« Il s'est tellement agité qu'il est mort la semaine dernière. Depuis, au moins je dors un peu. Ce qui est embêtant c'est que je ne peux plus lui boire son cognac. Tu pourrais peut-être m'en apporter de temps en temps ? »

Je me suis rendu compte que j'avais oublié de lui acheter une bouteille de Coca. Quand nous sommes arrivés dans sa chambre il m'a dit :

« Hier soir j'ai eu très peur ; j'étais couché dans mon lit lorsque j'ai vu une main juste derrière la fenêtre.

— Tu as fait un rêve.

— Je te dis que j'ai vu une main passer derrière la vitre, je ne suis pas fou quand même, va voir ! »

J'ai ouvert et je me suis penché. J'ai tout de suite compris. La fenêtre de la chambre voisine est tout contre la sienne, quelqu'un en tirant le volet a laissé voir sa main. Il y a des années que mon père est dans cette chambre sans avoir pu une seule fois pencher sa tête à l'extérieur.

Je lui ai expliqué ce qui avait dû se passer sans parvenir à le rassurer, cette main se découpant sur le ciel l'avait fortement impressionné.

Lui dans son fauteuil, moi debout, nous avons observé longtemps une compagnie de pigeons s'envoler du toit de l'hôpital, aller tourner sur je ne sais quel quartier de la ville et revenir en planant sans froisser le ciel. Ils s'abattaient tous ensemble en faisant frire les tuiles autour du clocheton surmontant ce bâtiment massif qui a dû être autrefois un monastère ou un couvent.

Des infirmiers en blouse blanche traversaient le jardin, des dossiers ou des radios sous le bras. J'ai été étonné par la multitude de chats qui attendaient comme les vieux, à l'ombre des arbustes, sans doute l'heure du repas. Quelle que soit leur position, tous avaient les yeux fixés sur les cuisines.

Comme à la prison un bruit de chariot roulant dans le couloir m'a appris que le déjeuner arrivait. J'ai fait mine de saisir le fauteuil roulant pour le pousser vers le réfectoire, mais mon père m'a arrêté.

« J'ai pas faim !
— Il faut bien que tu manges quelque chose.
— Je préfère rester là avec toi, j'ai du pain et de la compote dans ma table de nuit. »

Nous sommes restés encore un bon moment sans rien dire à regarder les pigeons et le jardin. Brusquement tous les chats se sont rués vers une porte, un homme en est sorti et a vidé dans l'herbe le contenu d'un seau. Il s'est ensuivi une belle bousculade, chacun a attrapé son morceau, a filé sous un taillis et tout est rentré dans le calme.

Quand les douze coups de midi ont sonné j'ai embrassé mon père sur le front et je suis parti. Il y avait un bon moment que j'avais envie de le faire mais je n'y arrivais pas. On nous a habitués, depuis l'enfance, à ne pas bouger, parler, partir avant que la cloche ne sonne.

Les jours suivants j'ai tapé sans conviction une vingtaine de rapports d'expertises psychiatriques pour faire rentrer un peu d'argent. Je suis allé un soir boire une bière sur le Vieux-Port ; chaque fois que je débouche sur le port la nuit, je pense à une fête de village pavoisée de lampions, comme en rêvent les enfants, qui se regarde valser dans le miroir noir de la mer.

J'en ai profité pour flâner parmi les amoureux jusqu'au voilier de Georges. Depuis quelques jours ma main joue au fond de ma poche avec les clés de la *Soléa*.

À cette évasion absurde, pour ne pas dire stupide, je n'y croyais plus du tout, elle m'avait rapproché du seul véritable ami que je pouvais compter en ce monde.

La belle pagaille régnant dans le carré lui ressemblait bien. La vaisselle sale s'amoncelait dans le bac en inox et la table croulait sous une montagne d'objets, de livres, de cartes, de verres à demi bus et de cendriers débordants. Deux guitares dormaient sur les banquettes, la bouche grande ouverte.

J'ai fait un brin de ménage puis j'ai renouvelé l'eau de la réserve et rechargé la batterie grâce au plot de 220 volts qui se trouve sur la panne. J'ai déniché deux draps à peu près propres dans un placard, je les ai déposés sur la couchette du triangle avant.

Georges ne m'avait pas menti, le bateau était truffé de boîtes de conserve, à croire qu'il en faisait le trafic. Il y avait huile, sucre et sel, de quoi accommoder tout ça.

Pour Bove ou pour un autre, que vogue la galère !

Je me suis allongé sur le pont, et j'ai laissé le ciel et Marseille envahir lentement tout mon corps. Parfois le cotre dansait sur le clapot que soulève chaque bateau qui rentre. Autour de moi des voix d'hommes et de femmes accompagnaient le chant des drisses.

La *Soléa* : mouvement de flamenco. Un style. La solitude.

À cet instant la mienne était sublime. Je me suis endormi dans la main de cette ville où j'avais vu le jour, jadis, par un mois de juillet qui sentait le goudron, la peinture et la mer, tout comme cette nuit. Une de ces rares nuits où même un homme seul peut se sentir heureux.

Le jeudi que j'avais si minutieusement préparé est arrivé. Le matin j'ai fait écrire les mineurs du bâtiment A ; à midi je suis allé au mess où j'ai regardé sans la toucher une potée au chou au milieu du maelström bleu des uniformes ; à quatorze heures rebelote avec les adultes.

Lorsque, trois heures plus tard, je me suis rendu à la réunion du service social, je crois que jamais je n'avais aussi peu pensé à Bove depuis des mois. J'ai exécuté le programme que je m'étais fixé, un peu comme un boxeur acculé dans les cordes qui sait qu'il vient de perdre aux poings les dix premières reprises et qui se dit : Là où j'en suis, autant aller jusqu'au bout.

Quand à dix-neuf heures j'ai franchi la grande porte de la prison en plaisantant avec les assistantes sociales, mon cœur brutalement a cessé de battre. Durant une volée de secondes, mon sang n'a plus rien irrigué. Ma voiture avait disparu du parking. J'ai même failli lâcher, tant j'étais abasourdi : « Merde, on m'a piqué ma bagnole ! »

Le temps que tout le service social se dise bonsoir, monte dans les voitures et démarre, je me suis relacé dix fois chaque chaussure, attendant que le mirador me loge deux balles dans la nuque. Il s'était ÉVADÉ.

Dès que j'ai été seul, j'ai gagné l'abribus en faisant en sorte de perdre trente centimètres en hauteur et autant en largeur. Le bus a mis près de deux mille ans pour arriver et deux mille de plus pour s'arracher du trottoir. Si quelqu'un me voyait là, je pouvais tout de suite aller frapper à la porte du greffe et demander une paire de couvertures, mon numéro d'écrou et ma gamelle. Un seul mot cognait dans mon crâne devenu trop étroit pour le contenir ; ÉVADÉ... ÉVADÉ... ÉVADÉ.

Avais-je rencontré dans ma vie homme plus déroutant ? Je me suis même demandé si chacun de ses gestes n'avait pas été machiavéliquement calculé ; s'il ne nous avait pas tous, des années durant, manipulés et si son suicide n'était pas l'ultime piège qu'il nous aurait tendu. Seuls les psychiatres, dans cette hypothèse, ne seraient pas tombés dans le panneau. Eux l'avaient jugé normal, capable en tout cas de purger sa peine.

Bove manipulateur génial... Soudain il m'est apparu redoutable, presque effrayant.

Ma voiture était bien garée devant la Criée comme je le lui avais demandé. J'ai traversé la rue et, au moment où j'allais poser le pied sur la panne, je l'ai aperçu là-bas, sur le pont de la *Soléa*.

Raide au milieu d'une forêt de mâts, plus pétrifié qu'une figure de proue, il offrait son visage à l'ultime embrasement de ce jour d'été.

Je n'ai pas pu faire un pas de plus. Oui, à cette seconde-là, sous les murailles ensanglantées du fort Saint-Nicolas, effrayant il l'était !

TROISIÈME PARTIE

Je ne devais pas dormir depuis bien longtemps lorsque le téléphone a sonné. C'était la voix du directeur de la prison.

« Pourriez-vous venir immédiatement, c'est très important.

— Oui j'arrive... », ai-je répondu.

Il était huit heures du matin et mon cœur n'a pas accéléré.

Il n'était pas seul à m'attendre. Outre le responsable de la détention, il y avait trois hommes que je n'avais jamais vus. En me faisant signe de m'asseoir le directeur m'a expliqué qu'il s'agissait de trois inspecteurs de la Police judiciaire.

« Je vous ai demandé de venir pour une raison grave, a-t-il poursuivi, depuis hier dix-sept heures Bove a disparu... L'infirmière est la dernière personne à l'avoir vu ; elle lui a donné les cachets qu'il demandait, prétextant une atroce rage de dents, puis plus rien. Il n'a jamais réintégré sa cellule et aucun surveillant ne l'a plus aperçu... Nous avons d'abord pensé qu'il avait pu se rendre au parloir et se mêler au flot des familles qui regagnent la sortie. Là aussi les surveillants sont formels. Pas de Bove. Durant toute ma carrière je n'ai été confronté à pareille évasion, aucune trace, aucun indice, il s'est... comment dirais-je... volatilisé, évaporé ! Nous avons fouillé la prison de fond en comble, aucune porte fracturée, barreau scié. Rien... Je crois que de nous tous ici vous êtes celui qui le connaît le mieux ; je vous ai même autorisé à aller lui rendre visite en cellule après sa tentative de suicide. Il se confiait sans doute à vous ? Que savez-vous de cette disparition ? »

Je ne me suis pas rué sur une réponse afin que les mots ne prennent pas trop de volume et ne s'emparent de mes mains que je m'épuisais à maintenir calmes sur mes cuisses. Il y avait maintenant tant de tumulte en moi que j'ai eu plus de mal à retenir quelques secondes de silence qu'un cheval devenu fou.

« Je m'attendais à tout lorsque vous m'avez appelé, sauf à ça. C'est la chose la plus incroyable que j'aie entendue de ma vie. Bove évadé... Excusez-moi mais je n'y crois pas. Sur les huit cents détenus que contiennent ces murs, s'il y a bien quelqu'un qui ne sait pas ce que le mot évasion veut dire, c'est bien lui. Vous lui auriez vous-même ouvert la porte qu'il ne serait pas sorti.

— Qu'est-ce qui vous fait penser ça ? m'a interrompu l'un des trois inspecteurs, le plus robuste et le plus proche de moi.

— Mais tout le monde ici le savait, une seule

idée le hantait, être avec sa femme, vivre avec elle... Enfin, avec son fantôme. Il n'avait qu'une obsession, la rejoindre où qu'elle soit.

— Pourquoi parlez-vous de lui au passé ? m'a-t-il demandé brusquement.

— Je ne sais pas, peut-être parce que vous me dites qu'il a disparu. Pour moi cet homme n'avait qu'une issue, retrouver sa femme dans la mort. Ce qui se passe au-delà de ces murs ne l'intéresse plus du tout. »

J'essayais d'évoquer le Bove que j'avais cru connaître, mais depuis la veille bien des choses s'étaient effondrées.

« De quoi parliez-vous lorsque vous alliez dans sa cellule ? m'a demandé le directeur.

— De tout cela, de sa femme, des toiles qu'il peignait, de la mort... Les autres détenus, les surveillants, il ne les voyait pas ; je me demande même s'il me voyait moi, je crois qu'il ne voyait que la mort. »

L'inspecteur qui avait parlé s'est encore rapproché.

« Et s'il avait trompé tout le monde ? Si tout cela n'avait été, comment dirais-je, qu'une fabuleuse simulation ? Une géniale manipulation ? Répondez-moi franchement, le trouvez-vous séduisant ? »

Ce policier était redoutablement intelligent. Des dix yeux qui depuis un moment s'enfonçaient dans ma chair, les siens avaient atteint une douloureuse profondeur. Il m'interrogeait avec toute la densité de son corps, dans chaque question je recevais le poids et l'épaisseur de chacun de ses muscles. Je savais qu'ici il ne pouvait pas me toucher. Qu'aurais-je fait, seul avec lui, dans un bureau de l'Évêché, s'il avait soulevé sa main aux doigts de corde ?

« Séduisant, je ne sais pas, je le trouvais fragile, perdu, absolument désespéré... Séduisant comme quelqu'un qui s'avance les yeux grands ouverts sur la terre des morts. »

L'inspecteur a hoché la tête et, un petit sourire narquois dans le coin de sa bouche, il m'a dit :

« Nous ne faisons pas du tout le même métier, voyez-vous, nous mettons les gens dangereux en prison, nous sommes payés pour vous protéger, monsieur, vous et votre famille. Et vous les travailleurs sociaux, les éducateurs, vous faites tout pour les libérer le plus vite possible. Nous ne sommes pas du même côté de la barrière ; les voyous vous ne les connaissez pas, ils sont prêts à tout. Les criminels, les trafiquants qui fréquentent vos ateliers ne le font pas pour l'amour de l'art, ils se foutent éperdument de la peinture et de l'écriture, ils n'attendent de votre part qu'une chose : un bon rapport destiné au juge d'application des peines. On les condamne à dix ans de prison et ils n'en font guère plus de la moitié. En étant leur complice vous saccagez notre travail. Les voyous sont beaucoup plus malins que vous, monsieur, ils repèrent tout de suite le maillon faible. Et le maillon faible c'est vous ! »

Un long silence a suivi cette tirade. J'ai été étonné de voir mes mains encore incrustées dans mes cuisses et pas en train de voleter autour de moi tant j'étais décontenancé.

« Je vous demanderai, a-t-il repris, de ne pas quitter Marseille, nous aurons certainement encore beaucoup de questions à vous poser. Je ne sais pas ce qu'en pense Monsieur le Directeur, quant à moi je suis persuadé que vous en savez sur cette évasion beaucoup plus que ce que vous avez bien voulu nous en dire. Un dernier mot toutefois : pourquoi hier n'êtes-vous pas allé voir Bove dans sa cellule, comme vous le faisiez presque chaque jeudi ?

— D'ordinaire, c'est le surveillant-chef Orsini qui m'y accompagne, je crois qu'il est en vacances, et je n'ai aucune autorisation écrite pour pénétrer en détention. »

Le directeur a confirmé et j'ai quitté cet alvéole de glace.

J'ai fait trois pas dans le couloir et je me suis arrêté. Cet inspecteur avait tellement vu juste, j'avais lu dans son regard une telle perspicacité que j'ai senti monter en moi, soudain, un inexplicable mouvement de révolte. J'ai fait brutalement demi-tour et, comme je n'avais pas refermé la porte, je me suis planté devant eux et sans reprendre mon souffle j'ai lâché :

« Je n'ai pas été tout à fait honnête avec vous. Je vous ai dit que sa disparition m'avait étonné. Pas du tout ! Comment aurait-il pu disparaître puisqu'il n'a jamais été parmi nous ? Si vous voulez comprendre cette évaporation, allez voir dans la cellule qu'il a occupée pendant des années, vous y lirez sur le mur en toutes lettres tracées par sa main : "Y a-t-il une vie avant la mort ?" ... Tout le mystère de son évasion se cache dans cette phrase. Je vous avoue que je ne l'ai pas encore comprise, j'y pense pourtant chaque jour. »

Mon irruption n'a provoqué aucune réaction, ni devant moi ni dans mon dos ; pourtant le couloir est long et j'ai l'ouïe fine.

J'ai l'ouïe fine mais cela ne sert pas à grand-chose dans la ruche vrombissante qu'est Marseille à toute heure du jour. Ma vue est plus modeste ; c'est en la sollicitant sans relâche et dans la plus grande discrétion qu'il m'a bien semblé, en faisant les courses le lendemain, que j'étais suivi.

Dans le paysage matinal de mon quartier, trois éléments revenaient un peu trop souvent à mon goût : un casque intégral noir, un blouson blanc et une grosse cylindrée bleu métallisé. Ce cavalier sans visage trouvait toujours le moyen d'apparaître à l'autre extrémité d'une rue à la seconde où je la quittais.

Pour en avoir le cœur net, je me suis rendu en flânant dans un autre quartier que je connais tout aussi bien pour y avoir vécu plus de dix ans avant de rencontrer Laura.

Le Panier est un peu comme une tête qui se dresse au-dessus de la ville et dont le crâne est recouvert d'une résille très abstraite de ruelles, toutes plus tordues, étranglées, gluantes et débouchant une fois sur deux sur un vertigineux escalier.

Je n'ai pas eu à me retourner beaucoup. Les vroum vroum qui s'énervaient à chaque volée de marches ont balayé tous mes doutes. La P.J. me filait.

Je me suis tout de même baladé une petite demi-heure pour lui faire voir du pays, puis j'ai gagné le Centre-Bourse, histoire de changer un peu d'exercice.

Mon comportement m'étonnait. J'aurais dû être impressionné et je ne l'étais pas le moins du monde, comme si entre la police et moi il s'agissait d'un jeu, ou plutôt lorsque j'y repense, comme si, à l'instar de Bove, je ne savais plus trop ce que signifiait la liberté.

La mienne à cet instant était peut-être d'avoir enfin un vrai rôle à jouer. Bon ou mauvais, il me permettait soudain d'entrer en scène pour une pièce dont personne n'avait le texte et que nous allions donc improviser.

J'ai erré un moment entre les rayons des Nouvelles Galeries. Les mannequins féminins y sont de plus en plus attirants, vêtus seulement d'un soutien-gorge et d'une culotte minuscule. Même suivi par la police j'ai été saisi par l'envie folle de remplir mes mains de leurs petits seins, en me plaquant au vertige de leurs fesses.

Je me suis réfugié dans une forêt de vestes d'homme afin de ne pas éclater de rire en imaginant la tête que ferait le policier dissimulé quelque part sous une pyramide de soie. Le motard avait dû céder la place à un marcheur plus discret.

J'ai emprunté l'escalier roulant qui vous soulève vers la FNAC où respire la pensée.

Je n'avais pas la tête à feuilleter les nouveautés. J'ai acheté mon dixième ou quinzième exemplaire de *Voyage au bout de la nuit* dans la collection Folio. Je ne sais pas si je les prête, les égare, ou si on me les vole, mais chaque fois que je veux relire ce livre, que je connais presque par cœur, impossible de mettre la main dessus. Sans doute est-il destiné, comme tous les personnages qui le hantent, à disparaître un jour ou l'autre dans un recoin de la nuit.

Par une sortie peu fréquentée j'ai retrouvé la ville piétinée par l'été. J'ai longé l'étroite corniche qui domine les fouilles archéologiques et, après avoir tourné le premier angle, je me suis adossé au mur. Un pas léger et vif s'est rapproché. Une femme est apparue : T-shirt blanc, jean et tennis. Sans un regard vers moi elle a dégringolé l'escalier. Pudeur féminine ou habileté policière ? Elle s'est noyée dans le fleuve de touristes que la Canebière depuis des siècles déverse sur le port.

Maintenant qu'ils savaient que je savais, ils allaient être très prudents. Moi aussi.

J'ai acheté un pan-bagnat dans une baraque à sandwiches du port et j'ai filé vers le jardin du Pharo avec ma petite idée.

Ce jardin très bien entretenu court sur un promontoire qui domine la passe et prend en enfilade tout le port. Vue imprenable, diraient les agences immobilières. Un poste d'observation idéal.

J'ai choisi un banc à l'ombre, au milieu des pelouses. Sous mes pieds s'étendait la ville rose et or ; entre ses cuisses, précieusement gardée, la flottille aussi hachurée qu'un tableau de Bernard Buffet.

J'ai dévoré mon sandwich, me suis essuyé les doigts dans l'herbe et j'ai ouvert au hasard *Voyage au bout de la nuit*. C'était le passage où Bardamu débarque enfin sur la terre africaine, après avoir échappé de justesse au lynchage. J'ai fermé les yeux et j'ai récité :

« Où sommes-nous ? demandai-je.

— À Bambola Fort-Gono ! me répondit cette ombre. »

Par quelque bout que je prenne cette errance, c'est toujours la même émotion. Je l'ai fait cent fois ce voyage, cent fois il a pressé mon cœur.

Lorsque j'ai rouvert les yeux, je n'ai eu aucun mal à repérer la panne, juste en face de la Criée, et à son extrémité l'avant-dernier voilier, la *Soléa*. Personne sur le pont. Avec cette chaleur Bove devait se terrer dans le carré.

J'ai lu quelques pages et à nouveau j'ai promené mon regard sur la ville, l'arrêtant une seconde sur le pont blanc de la *Soléa*. Quel que soit le policier qui m'avait suivi jusque-là et devait se tapir derrière un massif de romarins ou de lauriers, comment aurait-il pu se douter qu'innocemment assis, un livre à la main, je scrutais la tanière flottante de celui qu'ils recherchaient ? Nous avions tous deux sous les yeux la même meule de foin, j'étais le seul à connaître le secret de l'aiguille.

Perdue dans cette marée d'embarcations toutes semblables, « la nef du fou » ai-je pensé. Fou ? Simulateur génial, comme avait dit le redoutable inspecteur de la P.J. ? Ou tout simplement un homme désespéré ?

Pendant une semaine je suis venu là, plutôt aux extrémités du jour, en espérant que Bove profiterait de la chaleur moindre pour sortir respirer sur le pont. Pas une seule fois il n'a montré sa tête.

La P.J. s'était-elle lassée de me suivre ? Pensait-elle que je venais là, à longueur d'année, lire le même livre sur le même banc ? J'imaginais un petit groupe d'inspecteurs en train de se tordre les méninges sur l'évaporation de Bove, là-bas sous les toits de l'Évêché que j'apercevais un peu écrasés sous l'imposante cathédrale byzantine de la Major qui porte, été comme hiver, le même tricot marin rayé.

J'aimais ces journées, les dernières de l'été. Elles me rappelaient mes années scolaires au collège des Chartreux-Longchamp. Presque chaque matin, à l'époque, j'arrivais devant l'école et, au moment de franchir la porte avec le troupeau braillard des élèves, une angoisse brutale m'empoignait la gorge et je faisais immédiatement demi-tour. J'allais m'installer un peu plus loin dans le silence vert du jardin zoologique et je passais mes journées contre la cage de l'éléphant, à lire des romans d'aventures, des romans policiers, et à attendre en rêvant que la dernière sirène du collège dont la plainte nasillarde se traînait jusque-là m'indique qu'il était l'heure d'aller prendre mon tramway.

Maintenant, assis sur ce banc face à la ville de mon enfance, je me souvenais de ces années solitaires, un peu tristes et pleines cependant de lumière et de moments fabuleux. Bove perdu dans son bateau, moi dans ce jardin public, n'étions-nous pas des éternels enfants d'une éternelle école buissonnière ?

Soudain une pensée a traversé mon esprit : et s'il n'était plus sur le voilier ? S'il avait fui ailleurs ? En réalité je ne l'y avais vu qu'une fois, deux heures après son évasion. Il avait très bien pu filer dès la première nuit. Coûte que coûte il fallait que je sache, que je monte sur le bateau. La police devait être encore là, quelque part dans mon dos. Pourquoi aurait-elle abandonné son unique piste ? Comment la semer ?

J'ai fait défiler toute la ville dans ma tête, quel était l'endroit le plus propice pour rompre une filature ? Le métro ? Un cinéma avec son issue de secours ? Un grand magasin ? Au mot « grand », la solution m'est apparue, éclatante : l'immense hôpital de La Timone ; une ville verticale dans la ville.

Je n'ai eu aucun mal à dénicher un taxi à trois cents mètres du parc, près de la plage des Catalans. Quelques instants plus tard il me déposait devant la barrière de La Timone.

Sans me retourner j'ai franchi les grandes portes de verre, j'ai longé un couloir, me suis engouffré dans un ascenseur dont les portes allaient se refermer. Personne n'a eu le temps d'y pénétrer après moi. J'en suis sorti six étages plus haut. Des enfants jouaient dans le couloir avec des tracteurs en plastique. Sans doute la Pédiatrie. J'ai traversé plusieurs services dont certains étaient interdits au public. Parvenu à l'autre extrémité du bâtiment j'ai repris un ascenseur réservé au personnel.

Une volée de secondes et j'étais à nouveau dans la rue après avoir coupé à travers un jardin et contourné le nouveau service psychiatrique. Un autre taxi m'a conduit jusqu'à la Criée. Les inspecteurs devaient encore être en train de tourner comme des fous dans la ville des malades.

Tout au bout de la panne j'ai tiré sur l'amarre de la *Soléa*. Tel un étalon blanc raidi par la peur, le voilier a résisté puis s'est un peu rapproché ; je m'y suis hissé.

Autour de moi le port vivait de mille appels d'hommes, plaintes rauques d'oiseaux et d'eaux calmes giflées par des rames. Sous mes pieds, le silence.

J'ai soulevé le panneau de fermeture, une lance d'or s'est plantée dans le ventre obscur du bateau. Je suis descendu dans ce puits.

Brusquement une forme pâle a rayé la pénombre.

« Qu'est-ce que c'est ? »

Je n'ai pas reconnu la voix de Bove et mes yeux, encore tout aveuglés par la lumière d'été, ne discernaient que la masse de la table à cartes et celle du carré.

« C'est moi, je vous ai réveillé ? »

Il venait juste d'émerger de la banquette où je l'avais surpris étendu. Il faisait là-dedans une chaleur suffocante.

« Pourquoi n'ouvrez-vous pas ?

— Dehors c'est pire », a-t-il grogné d'une voix que j'ai trouvée mauvaise.

Il s'est levé et est allé passer sa tête sous l'eau du robinet. J'ai remarqué que la pile de vaisselle sale était encore plus importante que le jour où j'avais fait le ménage.

Ruisselant il s'est retourné. Jamais je ne lui avais vu une telle allure de fou.

« Vous n'avez pas été inquiété par la police ?

— À cette minute, c'est elle qui doit être inquiétée par tous les virus et microbes de Marseille. Moi je trouve ça plutôt amusant.

— Pas moi ! Je me demande pourquoi je vous ai écouté. Vous m'avez fait quitter ma cellule pour une autre encore plus étroite. Ici je me cogne partout.

— Je vais vous apporter de quoi peindre, le temps sera moins long. »

Alors il s'est mis à crier

« Mais pour qui me prenez-vous ? Vous vous êtes imaginé que j'étais un artiste ? Vous pensez que je suis en train de faire une œuvre d'art ? Quand j'étais là-bas j'ai peint Mathilde, et alors ?... Je suis incapable de peindre autre chose que ma femme ! Comment dois-je vous le dire, le reste ne m'intéresse pas ! Vous croyez que je n'ai pas compris votre manège ? Vous vouliez peut-être me faire croire à un geste d'amitié ? Pourquoi éprouveriez-vous pour moi une quelconque amitié ? Entre nous il y a toujours eu des barreaux. Comme avec tous les autres ! Je vais vous dire ce que vous êtes : vous êtes un artiste raté ! Oui, raté ! Vous rêvez d'être écrivain et vous n'y parvenez pas ! Vous écrivez, vous écrivez et personne ne veut de vos textes ! On ne les lit même pas ! Vous n'existez pas ! Alors vous avez cru que j'étais un artiste ! le meurtre, la prison, la beauté de Mathilde ! Vous avez tissé autour de moi votre toile de gentillesse, pas pour me sauver mais pour vous emparer de mon secret ! De ce que vous croyez être le secret de la création ! »

En prononçant ce mot avec dégoût il a tordu sa bouche et lancé ses yeux au ciel. J'ai revu exactement la moue écœurée de ma grand-mère lorsqu'elle nous parlait du Bon Dieu ou de l'un de ses saints.

« Vous me faites pitié ! Il n'y a pas de secret et je ne suis pas un artiste ; pas plus que vous ! Mais regardez-nous... Deux pauvres types cachés dans un bateau ! Deux ratés ! Quand j'étais enfant ma mère humiliait mon père, elle a fini par le chasser de la maison parce qu'il voulait lui aussi être un artiste. Pendant des années je l'ai attendu. Il n'est jamais revenu, il n'a jamais bougé. Tous les jours je courais à la boîte aux lettres. Rien. Ma mère m'a interdit de lui ressembler. C'est elle que j'aurais dû détruire pour venger mon père ! Je n'ai pas eu ce courage. J'ai étranglé Mathilde parce qu'elle m'a dit les mêmes mots : "Tu es comme ton père, un faux artiste, un homme raté !" »

Plus il s'emportait, plus la sueur dégoulinait sur son visage hagard et sa chemise sale. Ses longues mains d'os brassaient l'air brûlant de ce four.

« Allez-vous-en ! Partez ! Je ne veux plus voir personne ! Plus rien ne compte pour moi, les gens, la peinture, vous-même !... Ma mère avait raison, moi aussi je suis un lâche, un salaud ! »

Sa bouche se plâtrait de bave. J'ai senti que ma présence ne pourrait, au point d'incandescence où nous étions arrivés, que l'exciter davantage. Sa fureur était si proche de la folie que le moindre mot de ma part pouvait l'y faire basculer. Quelques jours plus tôt j'avais douté de la sincérité de cette souffrance. Il portait sa prison.

Je ne lui ai même pas dit au revoir. J'ai escaladé la petite échelle et j'ai été abasourdi de retrouver l'or de l'après-midi, l'odeur de la mer mêlée à celle de la peinture fraîche. Lui ne verrait plus jamais ça, il ne pouvait que s'enfoncer dans des souterrains où ne rôdent que des ombres et des damnés.

C'est en parcourant distraitement les gros titres du *Provençal* exposé devant un kiosque que j'ai appris qu'il y avait un match le soir même au stade-vélodrome. Le championnat recommençait. J'ai été content soudain ; c'est sans doute le seul endroit dans Marseille où pendant deux heures on oublie tout.

Comme chaque fois, depuis des années, j'ai pris un « Virage nord », l'ambiance y est extraordinaire, rythmée par un bataillon de tambours. En face de nous les ultras du « Virage sud » étaient plus fous que jamais. Avec la reprise des matches, c'était inouï. Ici nous sommes les mieux placés pour les voir édifier le délire et le propager. L'énergumène qui donne le ton en hurlant dans un porte-voix, les bras actionnant toutes les alarmes du ciel, est torse nu été comme hiver. Il l'était aussi lorsque l'O.M. est allé jouer à Moscou par une température polaire.

Tout le stade avait les yeux rivés sur la sortie des vestiaires. Les banderoles éclataient partout et les feux de Bengale incendiaient les tribunes. Une seule et unique voix jaillissait de ce chaudron ensorcelé et montait embraser les étoiles. Ce n'est pas l'équipe qui est belle dans cette ville, c'est le public. Le plus beau public de France. Sous le feu d'une telle passion n'importe quel joueur ferait des miracles. Ce qui se passe dans ce bol de titans je ne l'ai vu nulle part ailleurs.

Si les inspecteurs qui me suivaient peut-être encore étaient comme moi des supporters de l'O.M., ils devaient me bénir à cette heure, et me pardonner le petit tour que je leur avais joué le matin dans cette autre région du monde.

L'équipe de Marseille a fait irruption sur la pelouse. Le soir a explosé. Une fois de plus le cyclone a tout emporté : mon anxiété chronique, la police, Bove et son bateau. La terre entière a été aspirée par ce tourbillon de fièvre.

Le lendemain j'ai fait la grasse matinée. Les mille ruades des rêves qui s'acharnent à maintenir fermée la porte du jour dansaient encore sur l'immense vague humaine et bleue qui n'avait cessé durant toute la nuit de soulever mon lit.

Quand je suis sorti vers midi, Laura était en bas sur le seuil, le bras en l'air.

« Ralph ! J'allais juste sonner pour t'inviter à partager avec moi un grand plateau de moules. C'est drôle quand je les mange avec toi, elles ont un autre goût. »

Avec cette seule petite phrase elle a bousculé tout mon cœur. J'ai pris son bras comme on cueille un brin de jasmin à travers une grille dans une ville inconnue.

Nous nous sommes installés derrière le port, dans une rue que l'on venait d'arroser et dont la fraîcheur éphémère incitait à tenter les coquillages malgré l'accablement de l'été. Un été qui avait filé sans que je voie Laura. Je crois toujours que je peux l'oublier mais dès qu'elle apparaît...

« Je vais arrêter *Piment-Café*, je suis épuisée, ce n'est pas un travail pour moi.

— Tu as une autre idée ? »

Elle a haussé les épaules.

« Je suis faite pour les vacances, c'est malheureux, je n'ai aucune ambition... Et toi ?

— Je crois que je vais devenir une très bonne secrétaire, je tape de mieux en mieux.

— Si tu cherches un patron, tu peux toujours m'embaucher. »

Elle portait une petite robe de rien, trois sous d'étoffe, dont le bleu semblait descendre de la ruelle de ciel qui courait là-haut entre les génoises, et j'étais à mille lieues de me douter que ce moment si beau qu'était venue m'offrir Laura allait changer brutalement le cours de ma vie.

Le garçon n'a pas eu le temps de poser sur notre table le plateau de moules. La terre soudain s'est arrêtée de tourner : un homme s'avançait sur le trottoir où nous étions installés. Jean noir, chemise blanche ; ma vue s'est brouillée. C'était Bove.

Il a marché droit sur nous et alors que j'attendais ses cris ou son crachat, sa main a frôlé notre table et il est passé. Je n'ai eu que le temps d'entrevoir l'absence effrayante de son regard. Il ne m'avait pas vu.

Je ne me souviens pas de ce que j'ai pu dire à Laura : « Ne bouge pas je reviens », ou rien du tout. Je me suis dressé, et comme aimanté j'ai suivi cette ombre.

Il est passé devant l'Opéra, a traversé la Canebière sans se soucier des voitures et s'est enfoncé dans le quartier arabe. J'ai dû me rapprocher de lui tant la foule grouillait devant les mille boutiques de valises et de tissus orientaux. Il a quitté les artères commerçantes et, en l'espace de quelques mètres, il n'y a plus eu un chat. Il escaladait maintenant des ruelles ensoleillées qui auraient pu être celles de n'importe quel village de Provence entre midi et deux heures.

Nous avons émergé sur les terrasses aveuglantes de la gare Saint-Charles. Un fleuve humain se jetait dans les entrailles embrasées de la ville, un autre tentait de les fuir en s'engouffrant dans la fausse fraîcheur du hall. Les fins d'été à Marseille sont torrides.

Bove a levé sa tête vers le tableau des arrivées et départs ; sans hésitation il s'est dirigé vers le quai. Un petit train bleu était là, il est monté dans le dernier wagon : « Veynes ». Qu'allait-il faire dans les Alpes ?

À cette seconde j'ai pensé à Laura qui m'attendait derrière le port. À travers la vitre j'ai vu Bove s'asseoir au milieu de la voiture. Je ne sais pourquoi je me sentais responsable de lui. J'étais venu troubler son destin, je l'avais arraché aux mains de la société et maintenant, même s'il me rejetait, c'était moi qui en avais la charge. Je suis monté dans le train.

Quelques minutes plus tard, nous roulions dans la campagne et mes yeux ne parvenaient pas à s'arracher à la nuque pétrifiée de cet homme qui n'avait pas jeté un seul regard sur les banlieues et sur les champs brûlés.

Brusquement j'ai pensé au contrôleur, il allait surgir d'un moment à l'autre, nous n'avions de billet ni l'un ni l'autre. Que se passerait-il ? Préviendrait-il les gendarmes ? Quand Bove m'apercevrait, il risquait de se mettre à hurler.

Le train s'est arrêté en gare d'Aix. En un éclair Bove a sauté sur le quai. J'ai bousculé plusieurs touristes écrasés sous une montagne de bagages. J'avais peur que les portières ne se referment. Il était sorti de la gare et marchait sur une large avenue. J'ai laissé entre lui et moi quelques énormes platanes, leurs troncs dissimulaient ma progression. Pour lui le monde n'existait pas.

Un peu plus haut nous avons quitté le boulevard de ceinture et pris la route de Nice. Un trottoir était au soleil, l'autre à l'ombre, cela non plus ne le concernait pas, il avançait en plein cagnard d'un pas de somnambule, sans ralentir ni accélérer ; mon jean et mon tricot étaient trempés.

Nous avons marché ainsi peut-être une heure sur une route où les stations-service et les échangeurs d'autoroutes avaient remplacé les arbres.

Plus par fatigue que par prudence la distance entre nous grandissait.

Nous sommes passés sous un pont dont chaque pilier de béton était recouvert d'affiches violemment attirantes. Des femmes très peu vêtues étaient prêtes à s'offrir au premier venu, la bouche déjà entrouverte. Il suffisait de faire le 36 15 pour obtenir d'elles n'importe quoi. J'ai été envahi d'un incompréhensible sentiment de honte ; Bove était resté cinq ans sans approcher une seule femme, et j'étais persuadé qu'en frôlant celles-ci il avait pensé à sa mère. Mais pourquoi aurait-il plus remarqué ces bouches et ces seins provocants que l'immense lumière qui nous écrasait ou que ma présence dans son dos ? Il allait là-bas de son pas égal. Jusqu'où me tirait-il ? Quelle obsession nous tirait tous les deux ?

Soudain il a quitté la route nationale pour une beaucoup plus étroite et déserte qui s'enfonçait dans les prés. Le bruit des moteurs a décru. J'ai entendu monter celui de mes pas, presque effrayant.

J'étais sur le point d'abandonner lorsqu'il a disparu. J'ai fait deux cents mètres en courant sur la pointe des pieds. Sa tête a resurgi sur une houle d'herbe. Il progressait maintenant dans un chemin de terre rouge, profondément creusé par des pneus tout terrain. Très vite le sol s'est mis à vivre. Nous avons gravi une colline couverte de pins, plongé dans un vallon, franchi sur un pont le lit blanc d'une rivière qui tirait la langue depuis au moins trois mois. De temps en temps, je me retournais pour voir si je n'étais pas à mon tour suivi mais nous étions dimanche.

Le chemin montait à présent très dur entre des chênes verts rougis par la poussière du chemin. Il n'y avait plus entre nous qu'un lacet ; dès que Bove disparaissait dans un virage, j'accélérais et me coulais derrière un arbre. Des coussinets de chat poussaient sous mes pieds, la forêt respirait par ma bouche. Il était parti pour faire le tour de la terre. Où trouvait-il la force ? Après avoir croupi pendant cinq ans dans une cage ?

Le chemin a débouché d'un coup sur un étroit plateau. En un millième de seconde chacun de mes muscles s'est bloqué. Bove était immobile vingt mètres plus loin, devant les ruines d'une maison incendiée que j'ai reconnue tout de suite, comme s'il venait de buter contre l'une de ses toiles géantes surgie du sol pour lui barrer la route.

C'était exactement la carcasse de pierres noircies et de poutres qu'il avait peinte sur chacun de ses tableaux, à coté des yeux sans regard de la morte.

J'ai fait un pas de côté et je me suis dissimulé derrière un mur de ronces.

Comment n'y avais-je pas pensé ? Il revenait à l'endroit où sa vie s'était arrêtée cinq ans plus tôt. J'aurais donné cinq ans de la mienne pour entrer dans sa tête à cette minute. Un beau combat de fantômes devait s'y dérouler.

Au-dessus de nous, toutes les voiles de pierre de la Sainte-Victoire claquaient dans le vertige du ciel.

Penché en avant il scrutait l'herbe autour de lui, comme s'il venait de perdre un peu de monnaie ou son briquet. Il s'est accroupi et a ramassé quelque chose qu'il a longuement observé sans remuer d'un pouce. À travers le treillis de ronces, il m'était impossible de discerner ce qu'il tenait au bout de ses doigts.

Je me suis déplacé légèrement sur ma gauche, la broussaille y était plus basse. Un coup de feu alors a claqué sous mon pied, si violemment que j'ai entendu tout près de moi les ailes d'un gros oiseau gifler le feuillage et s'enfuir. Je venais de marcher sur une branche morte dissimulée dans l'herbe.

Bove a sauté comme un ressort.

« Qui est là ? »

Brutalement tout son visage est sorti du soleil. Ses yeux étaient braqués dans la bonne direction. Il allait s'avancer.

« Ce n'est rien, c'est moi », ai-je dit bêtement en sortant de l'ombre.

Je suis allé vers lui. Il s'est empressé d'enfouir dans sa poche ce qu'il tenait dans sa main.

« Encore vous ! » a-t-il articulé, et aussitôt chacun de ses traits a basculé dans la fureur.

Je me suis arrêté à deux ou trois mètres de lui mais il ne m'a pas laissé le temps de parler.

« Salaud ! Tu m'as suivi jusqu'ici ; tu m'étudies comme un insecte ! Je suis plus prisonnier de toi que de la prison ! »

C'était la première fois qu'il me tutoyait.

« Je comprends tout à présent, tu es amoureux

de Mathilde. Et tu as manigancé tout ça pour me la voler ! J'avais remarqué comment tu la regardais, comment tu la dévorais ! Ce n'est pas pour me sauver que tu apportais des tubes de couleur, tu voulais que je la peigne. Sa beauté te rendait fou ! Tu es le pire de tous. Les gardiens, eux, me laissaient tranquille, ils ont leur vie, mais toi... Toi tu n'as rien ! Tu veux savoir pourquoi je suis venu ici ?... J'y suis venu parce que, depuis que j'ai franchi les murs de la prison, je ne la vois plus, je suis incapable de dire à quoi elle ressemble.

« Là-bas elle était avec moi, elle me parlait, me souriait. À cause de toi, elle a définitivement disparu ! À présent tu ne me tromperas plus, tu es allé trop loin !

« Ici c'est notre maison. Mathilde l'avait choisie, tu n'aurais jamais dû venir nous déranger ! Nous avons fait l'amour des dizaines de fois ici, juste où tu es, sur l'herbe, et c'est exactement là que je l'ai étranglée parce que je l'aimais trop. Maintenant tu vas me la rendre ! »

Il n'y avait dans ses yeux devenus blancs que la folie et le meurtre. Partout autour l'immense bourdonnement de la lumière.

J'ai fait un pas en arrière et mon pied a buté contre une racine. J'ai perdu l'équilibre et je suis tombé à la renverse.

Je n'ai pas eu le temps de reprendre mon souffle, ses mains étaient sur mon cou. J'ai voulu le faire basculer d'un coup de reins mais il avait acquis sur mon ventre le poids et la dureté d'un rocher. Ses genoux étaient soudés au sol et ses doigts à ma gorge. J'avais beau lancer mes jambes de tous les côtés et tenter d'écarter ses poignets, je ne parvenais qu'à resserrer l'étau. La démence le rendait inébranlable.

J'ai commencé à étouffer, à râler. Toute la clairière est devenue rouge. Le sang allait jaillir de mes yeux. Un énorme réservoir de haine et de souffrance se déversait sur moi.

J'ai pensé que cet homme qui allait me tuer était le plus important de ma vie puisqu'il allait l'anéantir, réduire à un peu de poussière les millions de souvenirs, de paysages, d'émotions. Quarante années d'émerveillement, d'espoirs, de douleurs, de joies. Une complicité violente nous liait. Si étrange que cela paraisse je ressentais pour lui une profonde amitié. Cet homme, qui de toutes ses forces me poussait dans la terre, était le plus important de ma vie, comme ma mère en me mettant au monde serait à jamais la femme qui compterait le plus.

Pendant que l'asphyxie broyait ma gorge, mes ongles s'enfonçaient dans le sol, déchirant l'herbe. Mes doigts se sont refermés sur quelque chose de dur. Je tenais dans ma main une pierre plus grosse que mon poing. Avec toute la force de mon dernier râle j'ai frappé le ciel.

Au-dessus de moi quelque chose a craqué, comme avait craqué le bois sec sous mon pied.

Alors j'ai frappé, frappé, frappé, jusqu'à ce que je comprenne que je venais de crever le soleil. Il s'écoulait sur moi, visqueux et rouge comme un œuf.

L'homme qui chevauchait mon corps s'est détendu. Lentement il s'est penché vers moi et a posé sa joue contre la mienne. Nous sommes restés étroitement enlacés, apaisés. Quand je me suis réveillé, j'ai compris qu'il ne vivait plus.

Ses mains étaient encore sur mon cou, aussi légères que deux ailes sur le corps d'un pigeon blessé. Ma gorge me faisait souffrir, je ne parvenais pas à avaler ma salive.

Je l'ai repoussé sur le côté. Il a roulé sur l'herbe. Ses yeux demeuraient grands ouverts ; le soleil ne les gênait plus. Il était venu mourir à l'endroit exact où était morte Mathilde. Sa tempe était défoncée et nous étions tous les deux couverts de sang.

Longtemps, penché sur lui, j'ai regardé les yeux de cet homme que j'avais voulu sauver. Je n'y ai trouvé rien de plus que ce que j'avais vu pendant des mois derrière les barreaux. C'étaient les yeux d'un mort. Je venais de tuer un mort.

J'ai retiré mon T-shirt et je suis parti torse nu. Il fallait maintenant prévenir la police. S'il y avait bien une chose que Bove m'avait apprise, c'est que la vie est insupportablement lourde lorsqu'on la partage avec un mort.

Je n'avais pas fait deux cents mètres que je vomissais tripes et boyaux.

J'ai repris le chemin où j'avais sautillé tout à l'heure d'un arbre à l'autre, comme un moineau. Maintenant j'avançais dans la poussière rouge, assommé.

Avant d'arriver en ville je suis entré dans une

résidence et j'ai décroché une chemise qui séchait au fond d'un jardin ; la corde à linge était tendue entre un arbre fruitier et une barre de fer, comme chez nous lorsque j'étais enfant. Je me suis dit que si je n'allais pas voir mon père avant la police je risquais de ne plus jamais le revoir.

Je l'ai trouvé seul dans la grande salle à manger de la maison de retraite. On avait sorti tous les autres vieux à l'ombre étroite du bâtiment. Il était assis sur son chariot, la tête appuyée sur une table il dormait au soleil. J'ai avancé une chaise tout près de lui, sans faire le moindre bruit.

Son visage avait encore rétréci, il était maigre et fripé. Il avait dû beaucoup souffrir des grosses chaleurs. Chaque été il perdait l'appétit. Quand il inspirait bruyamment, sa joue mal rasée se creusait, avalée par la bouche.

Il avait oublié de remettre son dentier. À chaque inspiration, il vieillissait de dix ans.

Le soleil le frappait si durement à travers la baie vitrée qu'il a un peu relevé la tête.

« Oh, toi !... Je me suis mis là pour faire sécher mon pantalon et je me suis endormi. J'ai renversé mon verre tout à l'heure. »

Il avait aussi oublié sa casquette, et ses cheveux blancs, si fins, se dressaient comme des plumes. Il ressemblait à un vieux chef indien dans un film de John Ford, ou à un très vieux punk.

« Hier soir j'ai pensé à toi, j'ai regardé *Marius* à la télé. Tu l'as vu ?... a-t-il poursuivi. C'est un peu triste mais c'est beau, surtout à cause de Raimu... Pendant toute ma vie je me suis demandé si on disait rénumération ou rémunération, maintenant je m'en souviendrai en pensant à Raimu.

— On étouffe ici, on sera mieux dehors. »

Je l'ai poussé jusqu'au fond du jardin, sous les arbres. Quand il est avec moi, je sais qu'il ne veut voir personne ; dès que quelqu'un s'approche, il me dit : « Vite, allons-nous-en, je le connais c'est un emmerdeur, si tu lui dis un seul mot il ne te lâche plus. »

J'ai placé le chariot à côté d'un banc pour être assis près de lui.

« Regarde ce mûrier, m'a-t-il dit, il est bouffé par les vers, et personne ne fait rien. Je n'étais pas encore né qu'il était sans doute déjà là. Ça me fait de la peine, il y avait le même dans le jardin de mes parents. Tu t'en souviens de la maison de mes parents, à *Sole mio* ?... Je t'y amenais tous les dimanches avec maman quand tu étais petit. Elle était entièrement recouverte de roses, il y en avait des jaunes aussi grosses que ta tête. Des roses comme ça je n'en ai plus revu nulle part. Quand arrivait l'été, les nuits embaumaient... Le plus dur ici, c'est quand je vois venir le mois de septembre. Tous les champignons que j'ai pu ramasser... Être tout seul dans la forêt un panier à la main et écarter une souche de bruyère, ça vaut tous les trésors de la terre !... Je n'ai même pas eu le temps de te montrer les coins, j'en connaissais même un ou deux de morilles... Si au moins on pouvait m'amener dans un poste, sous les pins, j'attendrais sans bouger le passage des grives, ça on peut le faire même sur un chariot. Ici ils n'y comprennent rien, il y a combien d'années que je suis comme ça ? Ils ne sont même pas arrivés à me soigner. Tous les jours on fait une nouvelle découverte et ils sont incapables de me rendre ma jambe et mon bras, au moins ma jambe, le bras cocagne... Aujourd'hui il n'y a plus qu'une chose qui compte, l'argent ! L'argent ! Je le leur laisse l'argent, qu'ils me rendent ma jambe ! »

Pendant qu'il parlait une petite vieille à tête d'enfant est venue s'asseoir sur le banc, juste en face de nous. Elle tenait un gros ours en peluche dans chaque bras, un beige et l'autre marron. Le plus foncé avait la tête en bas. Elle leur parlait avec une immense tendresse et les embrassait à tour de rôle en baissant les paupières, l'un sur la joue, l'autre sur la fesse, sans se rendre compte de rien.

Depuis que j'avais laissé Bove là-haut dans les collines j'étais dans un état second. J'aurais aimé être l'un de ces deux ours pour avoir une mère.

« J'ai de plus en plus mal à l'épaule, m'a-t-il dit, tu ne veux pas me masser un peu ? »

Je me suis mis debout derrière lui ; sous la chemise je n'ai senti que des os, des os fragiles et tordus par le temps. Je lui ai massé longuement l'épaule gauche et le cou, je savais pourtant que la douleur ne venait pas de là mais de son cœur qui était en train de lâcher. Il ne m'en a pas parlé, il m'a dit seulement :

« Mon pauvre père était à La Timone quand j'ai senti qu'il allait mourir, je l'ai mis dans un taxi et je l'ai ramené à la maison pour qu'il voie une dernière fois son jardin et ses roses. »

En une heure je n'avais pas pu prononcer plus de deux mots et je ne savais dire si c'était les doigts de Bove qui me faisaient tant souffrir ou ceux de la douleur d'abandonner mon père dans cette maison inconnue qui écrasaient ma gorge encore plus violemment.

Mes mains posées sur ses épaules d'oiseau, je pleurais doucement. J'étais certain que je ne le reverrais plus. J'ai embrassé ses cheveux blancs, j'ai un peu tapoté sa joue, très affectueusement, et je suis parti sans qu'il voie mon visage. Je savais qu'il m'attendrait chaque jour, les yeux fixés sur le portail au bout de l'allée, en regardant monter et descendre la lumière des jours. J'ai prié pour que ça ne dure pas longtemps.

Un agent de police montait la garde devant l'Évêché, je lui ai dit :

« Je voudrais parler au commissaire. »

Il m'a dévisagé comme si je lui avais demandé son portefeuille.

« Vous avez rendez-vous ?... On ne dérange pas Monsieur le Commissaire comme ça.

— Je viens de tuer un homme. »

Un drap blanc s'est plaqué sur son visage.

« Attendez, je vais voir. »

Il a fait trois pas puis s'est retourné vers moi.

« Vous ne bougez pas ?... Vous m'attendez ?... »

J'avais tellement besoin d'éclater en sanglots que je lui ait dit :

« C'était simplement pour vous avertir en passant, maintenant je vais en tuer un autre. »

Il ne savait plus s'il devait appeler au secours ou me passer les menottes.

Quelques secondes plus tard un inspecteur de la Police judiciaire était là. En trois mots je lui ai tout raconté. Je ne me souviens pas alors si je pleurais. Lui je le revois très bien, il a posé sa main sur mon épaule.

« Calmez-vous, nous allons nous rendre sur les lieux puis vous vous reposerez. »

Il a demandé une voiture de patrouille et nous sommes partis. Deux policiers étaient devant, moi derrière avec lui.

Lorsque nous avons atteint le chemin de terre rouge, le chauffeur a été obligé de rouler à moitié sur le talus pour ne pas tomber dans les deux profondes ornières. Les roues patinaient et les branches basses des chênes rayaient la peinture de la carrosserie. Le flic qui ne conduisait pas a dit :

« J'espère pour lui qu'il l'a vraiment tué. »

Cette petite phrase m'a rassuré.

Bove était toujours étendu dans l'herbe. Tant qu'on n'avait pas vu sa tempe il pouvait passer pour un simple promeneur qui se repose un moment, les yeux perdus dans le ciel, bras et jambes écartés avant de reprendre sa marche.

L'inspecteur s'est accroupi ; du revers de la main il lui a frôlé la joue et est allé décrocher le téléphone de la voiture. Sans me quitter des yeux, il prononçait d'une voix calme : « Ici Max, j'appelle Pétanque... Ici Max, j'appelle Pétanque... » Puis il attendait, accoudé sur la portière ouverte.

Il n'y avait aucune agressivité dans ses yeux et j'avais l'impression qu'il appelait Pétanque pour savoir si tout se passait bien en ce doux soir d'été sur les places ombragées de chacune des banlieues qui entourent Marseille.

QUATRIÈME PARTIE

C'est comme ça qu'a commencé le long voyage à travers le temps.

On m'a mis dans un cachot sans fenêtre dans les sous-sols de l'Évêché et je me suis tout de suite endormi. Si un policier n'était pas venu secouer mon épaule quelques minutes ou quelques heures après, j'aurais dormi des années.

Le juge d'instruction m'a posé plusieurs questions auxquelles j'ai peut-être répondu. Une seule phrase roulait dans ma tête, infatigablement : « J'ai tué un homme... J'ai tué un homme... Tué un homme... » et cela me paraissait normal.

Un peu plus tard je suis monté dans un fourgon cellulaire. Nous étions quatre par box. La ville dormait.

Nous avons longé la corniche ; les lampadaires plaquaient des masques orange sur le visage des hommes enchaînés près de moi et chaque fois je lisais dans leurs yeux le même effroi. Nous avions tous tué un homme.

La prison des Baumettes est très mal éclairée,

quelques ampoules jaunes et sales sur des murs sales et plus hauts que la nuit. Quand on y arrive dans le noir, les couloirs sont si longs qu'on pense ne plus revoir jamais la lumière du jour.

Je ne sais plus si nous nous sommes d'abord déshabillés entièrement pour la fouille ou si on nous a photographiés et pris nos empreintes. Nous attendions assis sur un banc scellé dans le mur.

Un surveillant m'a fait signe de le suivre. Je portais sur l'épaule le balluchon réglementaire qu'un autre surveillant venait de me donner avec une voix et des yeux aveugles : draps, assiette, bassine, couverts et nécessaire de toilette entassés dans une couverture.

Combien de fois, à la maison d'arrêt le jeudi, avais-je observé les arrivants sortant du greffe et se dirigeant vers leur première cellule, accablés par ce ballot qui évoquait si bien leur destin. Sans me l'avouer j'avais toujours su que je cheminais avec eux, que j'étais chacun d'eux et que ce fardeau, inévitablement, un jour écraserait ma vie.

La prison m'habite depuis si longtemps qu'en avançant pour la première fois dans les couloirs obscurs des Baumettes où résonnaient derrière les portes, malgré l'heure tardive, de longs appels de détresse, il me semblait normal que je l'habite à mon tour.

Si l'on m'avait dit quelques jours plus tôt que j'étais sur le point de tuer, cela m'aurait paru monstrueux. Aujourd'hui, cela me semblait naturel, comme m'apparaissaient naturels ces hurlements de souffrance, ces traces de doigts contre les murs, le vacarme des grilles qui se referment les unes après les autres dans votre dos et le glissement de plume de mes pas sur les dalles de ciment que des milliards d'autres pas, au fil des années, avaient fait briller comme du marbre.

Je retrouvais aussi cette odeur de Crésyl et de soupe, cette odeur commune à toutes les prisons, comme un tissu de douleur et de haine.

La porte de la cellule s'est refermée sur moi. Trois lits en fer superposés et un cabinet sans porte. J'ai eu un mouvement de recul, comme un cheval devant une ombre. C'était trop tard.

Le lendemain on nous a fait une prise de sang, et nous avons regardé un film qui expliquait la vie dans la prison et le règlement que nous devrions désormais respecter sous peine de punition. C'est la seule fois où j'ai senti que tout le monde aurait aimé pleurer. Peut-être avions-nous profité de la nuit pour enfouir sous les couvertures nos lamentables solitudes.

Je me suis souvenu, vingt ans plus tôt, du jour de mon incorporation dans une caserne recouverte de brume et d'ardoise, à la sortie de Verdun. C'était un autre mois de septembre et l'on arrachait mon corps à la plus grande fête des couleurs. Chacun de mes muscles, de mes organes était broyé par le même abandon, le même désarroi, mais le treillis métallique et les énormes barreaux d'une petite fenêtre rendaient ici la morsure infiniment plus cruelle.

Remontant d'on ne sait où, quelques mots apaisaient ma peur : « Derrière chaque visage d'homme il y a un enfant qui pleure. » Qui avait écrit cela ? Il n'y avait autour de moi que des enfants abandonnés avec des grimaces d'hommes.

Enfin j'étais arrivé, après une vie d'incertitude et de tâtonnements, dans la cité de l'oubli. La cité du silence et des ombres.

Pour tous les prisonniers, dans toutes les prisons, cinq heures du soir est l'heure la plus émouvante. On vient de remonter des cours et on attend le courrier. Après le brouhaha des escaliers on retrouve un peu le silence d'une classe, mais beaucoup plus profond ici, recueilli.

C'est l'instant le plus lumineux de la journée si le surveillant vous tend une lettre, tendre et affectueuse, qui emplit la cellule, pour la nuit, d'une voix très douce. C'est le moment le plus douloureux si le verrou claque sans un geste sur seize heures de totale solitude.

En cette saison, à cette heure, le soleil est encore très haut dans le ciel et on devine la ville, juste au-delà des murs, palpitante de désirs.

J'ai été étonné de voir le surveillant me tendre une enveloppe. J'ai immédiatement reconnu l'écriture ronde et désinvolte de Laura.

Combien ai-je mis d'heures pour pouvoir l'ouvrir ? L'enveloppe m'aurait suffi. J'étais ici depuis une semaine et cela faisait des années, me semblait-il, que le monde m'avait oublié. L'écriture de Laura, bien plus gracieuse que la mienne. La main de Laura...

Elle m'expliquait qu'elle avait tout appris par les journaux, bêtement, en buvant le café, et qu'elle avait dû relire l'article plusieurs fois tellement ce qui était écrit lui paraissait insensé. Et pourtant, ajoutait-elle, à la réflexion, cela ne l'étonnait pas vraiment, elle me trouvait depuis des mois de plus en plus étrange, presque fuyant. Pourquoi ne lui avais-je pas parlé de ce qui m'arrivait ?

Elle me disait aussi qu'elle faisait toutes les démarches pour obtenir un permis de visite et qu'elle était allée voir mon père à la maison de retraite. Il n'était au courant de rien, le personnel n'avait pas osé encore lui en parler. Si je devais rester quelque temps en prison, elle s'occuperait de lui comme sa propre fille, en lui apportant chaque semaine une bouteille de Coca bien frais. Lorsqu'elle l'avait quitté, il lui avait dit : « Si Ralph n'était pas si amoureux de toi je te ferais la cour. » Elle m'embrassait très tendrement.

Après avoir changé deux ou trois fois de cellule d'attente, je me suis retrouvé au quatrième étage du bâtiment D. L'étage des longues peines. Le plus éloigné de la grande porte, celle par où nous sommes entrés, par où nous sortirons un jour.

Dans cette cellule je suis seul depuis trois mois. J'ai laissé sur les murs ce qui s'y trouvait lorsque j'y suis arrivé : quelques photos de femmes nues, une de Notre-Dame-de-la-Garde et du Vieux-Port prise la nuit, un calendrier des postes.

La petite fenêtre donne sur l'ancien quartier des condamnés à mort. Un bâtiment flanqué de cinq minuscules cours de promenade en forme de portions de camembert, recouvertes de barreaux aussi épais que mon bras. Je me souviens avoir suivi, comme tout le monde, pendant des mois, l'affaire Ranucci dans les journaux. À présent j'ai sous les yeux vingt-quatre heures sur vingt-quatre la cellule et la petite cage où il a attendu la mort. Je me souviens aussi des derniers mots de Bontemps, exécuté dans une autre prison. Le procureur de la République était entré dans sa cellule à l'aube pour lui annoncer qu'il allait être guillotiné ; comme le bourreau attendait dans le couloir, Bontemps avait dit : « Bon, eh bien, je vais faire un brin de toilette. »

L'ancien quartier des condamnés à mort a été abandonné aux chats. Ils s'y regroupent la nuit pour faire l'amour en s'arrachant les yeux. On rencontre ces chats de toutes les couleurs et de tous les croisements de races dans le moindre recoin des Baumettes, mais c'est là qu'ils ont établi leur royaume. Personne n'y vient plus, tellement l'homme ici fut maudit.

Je passe des heures, le front collé aux barreaux,

à observer leurs déplacements silencieux. Ils franchissent les murs, glissent sous les barbelés, coulent dans les cours, escaladent, bondissent, s'évaporent. Ils sont comme les âmes blanches, rousses, noires de chaque détenu. Si légères et si souples ces âmes. Deux mille six cents détenus les envient.

Si les chats ici se multiplient, c'est qu'ils sont bien nourris. Bien mieux que nulle part ailleurs dans les rues de Marseille. C'est très simple, à midi et à cinq heures et demie du soir, l'heure des repas, un immense vacarme emplit la prison. Tous les détenus jettent à travers les barreaux ce qu'on vient de leur donner par la porte, enfin presque tout, ce sont les chats en bas dans les cours qui en profitent.

Pour tous ces hommes enfermés dans huit mètres carrés c'est la manière qu'ils ont trouvée pour ne pas s'installer, pour ne pas accepter par habitude, par lassitude, pour ne pas capituler. Jeter par la fenêtre la nourriture pénitentiaire, c'est comme cracher contre un mur ou faire un bras d'honneur. Cet exercice de révolte n'est pas perdu pour tout le monde.

Moi qui vivais seul et mangeais un peu n'importe quoi depuis le départ de Laura, je trouve les repas très acceptables, mais je n'ai pas faim. À cinq heures et demie, seul face à ma gamelle, je pense à mon père. Lui aussi doit être immobile sur son chariot, devant une assiette de soupe sans pouvoir l'avaler. Ils auraient pu nous mettre ensemble, là-bas, je ne me serais pas échappé Cela nous aurait peut-être permis de dire ce que nous n'avons jamais osé. Parler de ma mère par exemple, lentement, longuement. J'aurais pu prononcer le mot qui me manque le plus, Maman, des centaines de fois, pour des riens, comme quand on est enfant, sans avoir peur que les larmes à cette seule évocation n'inondent mon visage, m'obligeant à fuir.

Il n'y a pas que les chats qui hantent la cité interdite. Dès l'aube des centaines de mouettes s'abattent sur les murs avec des cris de guerre. Elles réveillent d'un coup toute la prison mais personne ne leur en veut, elles apportent sur leurs ailes la vaste odeur de la mer. Chacun les remercie. Nous ouvrons les yeux sur le port, les cargos et les îles.

Trois fois par jour elles annoncent le repas. À la seconde où nous entendons dans les couloirs grincer les chariots des gameleurs, le ciel blanchit et claque de leur vol. La voix rauque de la mer envahit les coursives, les parloirs, les cours, et un embrun de liberté vient saccager nos têtes endormies.

C'est l'heure où les chats se glissent sous le silence, pendant que trois mille hommes pissent, insultent, crient pour secouer l'immense dalle qui recouvre leur vie.

Maintenant c'est l'hiver. Le mistral vitrifie le ciel et mugit dans les cours. Les mouettes y plongent et s'y noient, mêlées au vol vertigineux de tous les papiers gras.

Après les murs, sur ma droite, entre deux immeubles j'aperçois la ville poncée, la Vierge de la Garde qui dresse son doigt d'or pour mieux sentir la course du vent.

Notre cour de promenade est derrière le bâtiment, au nord, pendant quelques mois le soleil n'y viendra plus. Si nous descendons, il faut rester deux heures dans ce puits glacé. Nous attendons les vents du sud qui sentent l'Afrique et crépissent les murs d'un beau sable rouge qui a longtemps voyagé.

Dans la cellule à côté de la mienne, il y a un homme rempli de folie et de haine. Du soir au matin, je l'entends astiquer la même étagère, le même recoin derrière le mur, refaire cent fois son lit et gronder. Il a loué un petit téléviseur et insulte toutes les femmes qui apparaissent sur l'écran sans interrompre son ménage. Il les traite de tout avec la même rage qu'il met à détruire le moindre grain de poussière.

Hier soir il était si ulcéré par chaque apparition féminine, si enragé qu'il a attrapé son poste et l'a fracassé contre le mur. Ça l'a calmé d'un coup. Il a même interrompu son ménage. Pendant la ronde, le surveillant m'a dit :

« Ça ne sert à rien de le mettre au cachot, au contraire, c'est un fou dangereux ; il n'y a que les médicaments, mais il refuse de les prendre. »

Il m'a raconté à voix basse que mon voisin avait tué un homme et que sa haine était si grande qu'il avait coupé la tête du cadavre pour la ramener chez lui. Il l'avait posée sur la table de sa cuisine pour pouvoir la regarder dans les yeux et l'insulter pendant tout le temps que duraient ses repas.

En quarante ans je n'ai jamais rencontré une telle puissance de haine. Lorsque le surveillant a repris sa ronde après m'avoir dit bonsoir, pour une fois je n'ai pas été mécontent de l'entendre me boucler à double tour.

C'est la nuit surtout que je pense à Bove. Chaque nuit défile devant mes yeux tout le film de ce qui s'est passé, depuis le début, et je comprends de moins en moins ce qui m'a poussé à commettre cette folie. Je revois chacune de nos rencontres dans la prison électronique et mon obstination à le tirer du cachot. Comment ai-je pu en arriver là si ce n'est, sans que j'ose me l'avouer, pour enfin parvenir à me perdre. Me perdre... Mais pourquoi ? Qu'est-ce qui me fascinait tant dans les ténèbres où descendait Bove ?

Ici dans les ténèbres qui m'entourent, j'entends un peuple obscur qui remue, râle et m'aide à atteindre le jour.

Très tard dans la nuit des Arabes écoutent à tue-tête de la musique raï et s'interpellent d'une fenêtre à l'autre jusqu'à ce que des voix françaises leur demandent s'ils ne vont pas bientôt la fermer et couper leur musique de sauvages. Les

Arabes répondent longuement, en leur expliquant dans le détail comment niquer leurs mères.

Parfois ces querelles d'ombres se poursuivent le matin dans les cours par quelques coups de lame. Et ces hommes qui ne font plus l'amour s'éventrent avec l'élégance des chats, le plus discrètement du monde.

On entend aussi jusqu'à l'aube claquer la porte en fer du kiosque où se tiennent les surveillants, au centre de chaque couloir, et moins souvent et beaucoup plus lointaine celle du mirador.

Trois ou quatre fois par nuit, dans chaque cellule, la lumière s'allume brutalement et l'œil d'un surveillant se colle au judas.

Ce matin on est venu me réveiller à cinq heures, je devais être entendu par le juge. Le camion cellulaire est arrivé au palais à huit heures et nous sommes restés entassés tout le jour, à trente, dans une geôle enfumée, sans rien avaler.

Le juge ne m'a reçu que très tard. Je ne l'ai pas reconnu. Il m'a posé quelques questions dans les yeux et s'est tourné vers la fenêtre. J'ai eu l'impression que le ciel l'intéressait plus que moi ou qu'il y cherchait je ne sais quelle réponse. Au bout d'un long moment, me tournant toujours le dos il a dit :

« En vingt ans, je n'ai jamais instruit une affaire pareille. Un homme en aide un autre à s'évader de prison et le tue à l'endroit exact où celui-ci a lui-même assassiné quelqu'un. Avouez que... J'aurais lu ça dans un roman, je me serais dit : Cet écrivain me prend pour une andouille. Et pourtant, Dieu sait si j'en ai vu des gens extraordinaires défiler dans ce bureau. »

Il a fait un demi-tour sur son fauteuil et est revenu chercher mes yeux.

« Quels rapports entreteniez-vous avec Bove ? Qu'était-il au juste pour vous ? Parlez-moi franchement, cela ne peut que vous aider. »

J'avais déjà répondu à cette question, je lui ai donc demandé s'il allait bientôt accorder un droit de visite à ma compagne Laura. J'ai employé volontairement le mot compagne, je le trouve doux et sérieux, peut-être un peu trop chaste. Il ne sait sans doute pas que nous ne vivons plus ensemble depuis longtemps.

Il s'est dressé et est venu poser une demi-fesse sur le coin de son bureau.

« Rassurez-vous, je ne vous oublie pas. Je n'oublie pas non plus que vous avez conçu et réalisé de main de maître cette rocambolesque évasion d'une maison d'arrêt réputée très bien gardée... Non, vous ne ressemblez pas aux individus que je vois tous les jours, quelque chose m'échappe chez vous. Comment vous expliquer, je vous trouve à la fois intelligent et naïf, et je ne parviens pas à savoir où s'arrête l'ingénu et où commence le manipulateur. Avant de vous entendre, j'ai lu attentivement tout le dossier de Bove, cet homme vous ressemblait étrangement, je dirais même de façon extravagante et cette extravagance, voyez-vous, n'est pas faite pour me rassurer. Vous savez je suis un homme simple, dans la vie privée comme dans mon métier, je recherche la simplicité. Les hommes et les femmes s'assoient à votre place à cause de l'argent ou de l'amour. Ce qui provoque mon... comment dirais-je... mon malaise, c'est de n'apercevoir dans ce fauteuil, à cet instant, ni argent ni amour. »

Lorsque le camion cellulaire est entré dans la cour d'honneur des Baumettes, il était neuf heures du soir. J'ai retrouvé ces interminables couloirs, éclairés de jour comme de nuit à la lumière électrique. La prison a été construite à flanc de coteau, pour atteindre le bâtiment D on monte et cependant, dans ces souterrains, on a l'impression étrange de s'enfoncer.

J'étais si épuisé que je me suis effondré sur mon lit avec plaisir. Pour la première fois je me suis endormi sans penser à Bove.

Comment parler des jours, des nuits, des saisons derrière les murs d'une prison à ceux qui ne les franchiront sans doute jamais ? Comment évoquer ces bruits de gamelles, de seaux, de clés, ces appels, ces cris si étranges d'abord, maintenant si familiers ? Ces voix provençales autour d'un jeu de boules où ne manquent que l'ombre d'un platane et un parfum d'anis ? Comment faire entendre plusieurs fois par jour le xylophone lancinant des sondeurs de barreaux et les doigts du vent sur un ciel tissé de filins métalliques ? Entendre soudain, recouvrant tout, l'éclatement d'une voix dans les haut-parleurs, un nom répété plusieurs fois et que répercutent les cours ? Une voix grave comme celle que j'entendais, enfant, sous la verrière de la gare Saint-Charles, alors que je voyais mes parents rapetisser et disparaître au loin sur un quai. Et le sifflement des yo-yo qui tournent inlassablement sur les façades pour un morceau de sucre ou un carreau de chocolat, ces longues lanières de drap où s'accrochent les rêves d'hommes réduits à être des enfants ? Le pas lourd de ceux qui remontent des cours pour affronter seize heures de silence ? Ces mille bruits qui hésitent entre le bagne et une colonie de vacances dans les années 60... Et brusquement un hurlement sauvage que l'on ne peut entendre nulle part ailleurs. Un hurlement bestial qui, d'un coup, pétrifie toute la prison.

Comment raconter ces hommes qui fument, marchent, rient, insultent, se croisent dans les couloirs en plaquant leur main sur le cœur en signe d'amitié, attendent assis sur des bancs de pierre l'heure des repas ou la fin des temps ? Comment raconter la misère de certains qui longent les murs, à l'affût d'un mégot, d'un copeau de savon, quémandent les yeux baissés un peu de Nescafé, un timbre ? Comment oser parler de tous ceux qui fument la paille des balayettes ? Parler des caïds qui arpentent la largeur des cours rendues désertes comme des boulevards par quelques lieutenants vigilants et serviles ? Parler de la masse confuse des hommes de couleur mangés par l'ombre des murs et qui épient à la dérobée la calme pavane de la toute-puissance ? Parler de tous ces détenus qui tournent sous la pluie des sacs-poubelle en plastique sur la tête et qui ressemblent de loin à des hommes bleus ? Parler des petites maisons que l'on aperçoit, au-delà des murs d'enceinte, de ces petits cabanons à tuiles plates qu'on ne rencontre qu'à Marseille, discrètement agrandis au fils des ans, de leurs volets jaunes ou bleus ? Combien faudrait-il de solitude pour charger les plus infimes gestes quotidiens du poids colossal de tendresse que seul accorde, avec le temps, le silence grondant des prisons ?

Et pouvoir dire aussi que rien n'est plus tragique et émouvant qu'un petit soleil d'hiver sur la façade d'une prison le dimanche.

De dimanche en dimanche, sur la pointe des pieds, le printemps est venu accrocher aux barbelés, à côté des lambeaux de plastique, de beaux petits nuages de pollen qui arrivaient des banlieues et montaient le soir rôder dans les cellules. Une odeur de feu de broussailles, de terre retournée et de lilas dressait d'un coup autour de moi tout le jardin de mon enfance.

Et je savais que Mathilde n'était pas morte, ni Bove, ni ma mère bien sûr, ils étaient devenus l'éternité. Ici dans la cité immobile j'étais à présent tout près d'eux, beaucoup plus près que lorsque j'étais dehors à traîner dans les bars et les rues. Ici le temps ne compte plus et nous vivons enfin comme les morts. Sans bouger, les yeux fixés au plafond d'un tout petit caveau où ne danse jamais le reflet du feuillage d'un arbre brassé par la lumière et le vent.

Je comprenais enfin par chacun de mes muscles et tous les yeux de ma peau cette phrase de saint Augustin : « Les morts ne sont pas absents, ils sont simplement invisibles. »

Je comprenais pourquoi Bove, libre, était devenu fou. Je comprenais aussi tout le mystère et la beauté de sa peinture. Sa peinture... Quel faible mot. Je savais maintenant dans quels abîmes il était descendu tremper ses pinceaux.

Ainsi, seul dans ma cellule, comme il l'avait été pendant des années, lentement j'ai senti que les mots allaient venir. Les mots. Je les entendais bourdonner autour des clochers de la ville, puis sur les quais, la mer. Je les entendais envahir le ciel, recouvrir les collines. Maintenant ils arrivaient de partout. Ils piétinaient de leur vrombissement notre lent paquebot de silence. Moi qui avais écrit pendant plus de dix ans pour ma poubelle, je voyais enfin arriver les mots ! Je les voyais s'approcher et tourbillonner devant moi comme un vol de corneilles au-dessus d'une plaine blanche. Le brouillard se déchirait.

Jusque-là j'avais essayé d'écrire une histoire, de réussir une belle histoire, je n'avais jamais osé entreprendre le vrai voyage : descendre vers les régions les plus éloignées de ma nuit, vers mes villes inconnues, les miraculeuses citadelles de l'enfance où l'on n'entrera plus car la vie nous emporte et qu'on les a depuis trop longtemps oubliées.

J'allais affronter seul des milliers de soirs d'orage, de silence, d'échos, traverser d'insondables territoires de lumière, seul et perdu dans les profondeurs sonores de la ville oubliée.

Si mon voisin d'à côté est un fou dangereux, celui qui occupe la cellule juste au-dessus de la mienne est un jeune homme souriant. La cour d'assises vient de le condamner à vingt ans de réclusion pour braquages, et ses yeux verts sourient encore. Il écoute toute la journée des chansons de Patricia Carli. Maintenant je les connais par cœur et je vis dans le parfum des années 60. C'est la plus belle période de ma vie, je n'en garde qu'une impression d'insouciance.

Parfois je l'aide à rédiger une lettre pour le juge, l'assistante sociale ou une femme dont il n'a que l'adresse laissée par un ami ou dénichée dans un journal. Il n'y a plus que sa mère qui vienne le voir. Pour me remercier il m'a offert une radio-cassettes. J'ai l'impression qu'il dispose encore de pas mal d'argent, on ne l'a pas condamné à vingt ans pour rien.

Ce matin, alors que nous descendions en promenade, il m'a interpellé en riant dans les escaliers.

« Tu sais la nana à qui nous avons écrit la semaine dernière ? Celle qui habite au Merlan ? Je lui avais demandé de m'envoyer une photo d'elle, tu te souviens ? Figure-toi qu'elle m'envoie la photo d'une grosse vache au milieu d'un champ ! Et derrière, tu sais ce qu'elle m'écrit ?... "C'est moi avant de perdre du poids, mais on me reconnaît aux taches blanches." »

Il a été pris d'un fou rire qui l'a secoué durant une bonne partie de la promenade. En remontant en cellule a onze heures, il m'a dit :

« Elle me plaît cette nana, je la trouve intelligente, je suis sûr qu'elle est belle. »

Entre midi et deux, il se livre à son jeu favori, faire tousser les mouettes. La mouette est un oiseau glouton qui avale d'un coup tout ce qui lui tombe sous le bec. Paolo confectionne des boulettes de mie de pain bourrées de harissa qu'il lance à travers les barreaux, le plus haut possible dans le ciel. La mouette s'élance alors du mur d'enceinte où elle est juchée et gobe en plein vol la boulette qu'elle avale aussitôt.

Elle regagne sa place au sommet du mur et, un moment plus tard, elle se met à tousser. Elle peut tousser ainsi pendant des heures en étirant le cou, et pendant des heures Paolo se marre en écoutant chanter Patricia Carli. Cela aussi est un signe d'insouciance, quelque chose que j'aurais pu faire lorsque j'avais vingt ans.

Voilà un animal que j'ai découvert ici, la

mouette, rien ne lui fait peur. Dimanche dernier j'en ai vu une piquer sur un chat et lui enlever de la gueule, à une vitesse inouïe, un os de poulet.

En prison on passe des heures à observer le moindre détail. Après quelques années on connaît l'aspérité de chaque pierre, la plus discrète tache de rouille sur une grille ou un barreau. De chaque auréole d'humidité ou de crasse sur le mur se dégage un visage qui vous regarde droit dans les yeux et tout naturellement un beau jour vous adresse la parole, parce que vous êtes vous aussi devenu un mur. Quand vous vous rendez compte soudain que vous parlez à un mur, il y a belle lurette que cela dure. Vous vous tournez alors de tous les côtés et vous ne trouvez aucune bonne raison d'interrompre ce dialogue.

Le pire est sans doute que l'on peut vivre dix ans dans la même cellule et se demander pendant dix ans, sans trouver la réponse, s'il y a derrière le mur d'enceinte un arbre, un rocher ou une maison. Cela à la fin peut rendre fou.

Je repense souvent à ce que Bove a fait disparaître dans sa poche en découvrant ma présence près de la maison incendiée, le dernier jour de sa vie, à ce minuscule objet qu'il était sans doute venu chercher et qu'il a emporté dans sa tombe. Il y a des choses que l'on ne saura jamais, même si l'on y pense vertigineusement pendant toute une vie.

Pour la première fois ce matin, mon nom a éclaté dans les haut-parleurs de la cour de promenade. Je comprenais qu'il s'agissait de moi sans parvenir à réagir Depuis près d'un an que je suis ici les haut-parleurs ont appelé des milliers de détenus, moi jamais.

Je suis tout de même remonté dans le bâtiment où un surveillant m'a remis un laissez-passer pour le parloir. J'ai pensé que c'était l'avocat commis d'office — et que j'ai déjà rencontré trois fois.

J'ai longé le couloir central qui traverse successivement tous les autres bâtiments. Pour franchir chacun d'eux on appuie sur un petit bouton et on attend le déverrouillage automatique des grilles. Elles sont si lourdes que lorsque le clac se produit un homme seul a du mal à les ouvrir.

J'ai attendu un bon moment dans une espèce de souricière sans fenêtre avec une vingtaine d'autres détenus qui se racontaient des histoires, échangeaient des cigarettes et riaient bruyamment, puis un surveillant m'a conduit vers les parloirs.

Il a ouvert une porte et ma vue s'est troublée. Laura était debout dans l'un de ces placards. J'ai fait un pas en avant et elle m'a serré dans ses bras de toute la force de son corps.

Longtemps nous avons pleuré sans desserrer notre étreinte, les yeux fermés. Rien ne pouvait être meilleur et plus doux que cela.

Soudain le fou rire a secoué nos épaules, nous nous sommes un peu écartés. Les larmes continuaient à inonder nos yeux.

Laura portait un jean blanc et un débardeur d'homme bleu marine. Ses cheveux avaient poussé et frôlaient ses épaules nues. Elle était encore plus belle que tous les rêves que je faisais d'elle chaque nuit. Elle m'a dit :

« J'ai remué ciel et terre pour ce permis, il me semble que ça fait vingt ans... Tu tiens le coup ? »

J'ai fait signe avec la tête, ma gorge était en bois, même le mot oui n'aurait pu la franchir.

« Et les gardiens, ils ne sont pas trop durs avec toi ? »

J'ai fait signe que non.

Il y avait deux chaises et une petite table, nous nous sommes assis sans nous lâcher les mains, mes jambes tremblaient.

Elle m'a dit qu'elle allait à la maison de retraite très souvent et qu'elle était étonnée de voir mon père s'accrocher comme ça à la vie. Elle lui avait raconté l'histoire de l'évasion mais n'avait pas osé lui parler de la suite, le chagrin l'aurait tué. « Il dort une bonne partie de la journée, le reste du temps il t'attend. La semaine dernière il m'a dit : "Mon fils a un cœur d'or, c'est pour ça qu'il est malheureux. Moi aussi, il me rend malheureux. Je m'en irais volontiers, qu'est-ce que je fais ici maintenant ? Je ne peux tout de même pas l'abandonner." »

Elle m'a dit aussi ce qu'elle m'avait expliqué dans l'une de ses lettres ; un mois après mon incarcération elle était revenue s'installer dans notre appartement, elle utilisait très souvent mes chemises et mes pulls. « Et même ton parfum, a-t-elle ajouté en riant. Je l'ai terminé la semaine dernière. »

Cela m'a fait un tel plaisir que j'ai serré ses mains encore plus fort.

« Et toi, m'a-t-elle demandé, où prends-tu tes vêtements ? »

J'ai mis un long moment avant de pouvoir articuler :

« Les dames du Secours catholique. »

C'étaient mes premiers mots.

« La prochaine fois je t'apporterai des affaires d'été. J'ai parlé avec les familles qui attendaient avec moi, on a le droit. Presque toutes les femmes portaient des ballots de linge propre. »

Elle m'a ensuite raconté qu'elle avait lâché le restaurant, qu'elle cherchait du travail et que c'était beaucoup plus difficile qu'elle ne l'avait imaginé.

Je l'écoutais mais je venais de me rendre compte que le sol collait aux semelles de mes chaussures. Quand je soulevais les pieds cela produisait un léger claquement. Je me suis souvenu de ce que les détenus racontent en revenant des parloirs. Ce ne pouvait être que du sperme. Brusquement j'ai eu honte. Honte de la saleté de ce réduit, des traces noires sur les murs et surtout de l'odeur de fauve qui régnait dans cette partie de la prison.

Un surveillant est passé dans le couloir en criant : « Parloir terminé ! »

Mes mains ont lâché celles de Laura mais tout de suite elles ont attrapé ses bras. Depuis que nous étions assis j'avais envie de les toucher. J'ai immédiatement reconnu sa peau. Sa peau unique, sa peau de jeune noisette.

Dans quelques secondes elle ne serait plus là. Du bout des doigts j'ai effleuré l'or de ses bras, l'or de son cou et l'or plus sombre de ses lèvres. Juste du bout des doigts. Elle venait à peine de fermer les yeux.

Je ne m'étais pas aperçu avant cet instant que l'été était là, derrière les murs, sous les platanes, dans les rues, partout autour des grands immeubles blancs et dans les collines de mon enfance. Lentement, au fil des mois, j'étais devenu un homme sans saisons, un homme sans ombre.

« Pourrais-tu m'apporter la cassette de Jessie Norman, lui ai-je demandé, celle que tu m'avais offerte. C'est interdit mais j'ai tellement envie de l'écouter. »

Le surveillant a ouvert la porte vitrée.

« Terminé ! » a-t-il répété.

Dans le couloir les détenus ne riaient plus. Nous nous sommes déshabillés entièrement pour la fouille. Tous les visages étaient graves et fermés. Ils allaient affronter seuls la nuit d'été.

Cette nuit-là j'ai fait ce rêve fabuleux qui revient maintenant chaque nuit et que j'associe à la peau si douce de Laura :

J'étais dans un petit canot gonflable et je dérivais doucement le long d'une côte rouge. Des villages blancs défilaient dans le calme du soleil levant. Une légère brume adoucissait la lumière de la mer. Pelotonnée sur mon ventre, une petite fille de deux ou trois ans dormait paisiblement en suçant son pouce, bercée par la houle.

Parfois nous croisions des voiliers silencieux d'où me souriaient des jeunes filles aux seins pointus et blonds. Il n'y avait dans ma tête qu'une délicate sensation de bonheur mais je savais que, sans le sommeil de l'enfant, l'extraordinaire douceur de cette matinée n'aurait pu exister.

C'était peut-être l'Espagne. Et cette enfant c'était moi, endormi sur le ventre de ma mère.

C'est le lendemain à cinq heures, en remontant de la promenade, que j'ai trouvé la cassette sur la table de ma cellule. Jessie Norman. Comment Laura avait-elle pu, si vite et malgré le règlement ? Seul un surveillant du bâtiment avait eu la possibilité, discrètement, de l'apporter jusqu'ici. L'avait-elle abordé à la porte des Baumettes ? Que lui avait-elle dit ? Peu de chose, je connaissais Laura. La douceur de sa beauté avait suffi.

J'ai glissé la cassette dans le vieux lecteur que m'a offert Paolo. La voix a empli ma cellule.

En un millième de seconde tout m'est revenu. Cette voix que j'avais écoutée des dizaines, des centaines de fois, en roulant seul sur les routes de Provence, m'emportait à nouveau comme elle m'avait aidé pendant des années à franchir les peines, les horizons, les insomnies. Toutes les routes de Provence brusquement valsaient devant mes yeux...

Celles si étroites du haut Var qui sentent la vigne et le buis mouillé, celles plus droites du Vaucluse bordées de cyprès et de villages aiguisés par le vent. Les collines d'or des Alpes sous les genêts en fleur. Les champs givrés de narcisses sur la route qui va de Manosque à Apt et celle qui serpente doucement entre les lavandes, en montant vers la seule étoile qui ne s'éteint jamais, Moustiers-Sainte-Marie, le village de ma mère. Un jour je l'y avais amenée en voiture. Elle avait retrouvé sur un banc une amie d'enfance. Elle m'avait montré un figuier et le hameau de sa nourrice, englouti dans le lac de Sainte-Croix. Elle était déjà trop fatiguée pour monter jusqu'à Notre-Dame de Beauvoir, juste sous l'étoile. Je ne me souviens pas où nous avions mangé, j'étais avec une enfant heureuse.

Combien, depuis, avais-je traversé de vallées, de forêts, de saisons, dans le velours pourpre, mordoré ou noir de cette voix ? Combien de fermes abolies par des fleuves de brume ? Combien de villes endormies, de palais oubliés d'où s'envolent des oiseaux plus obscurs que la nuit, où rêvent des chats abandonnés ? Ces tas de gravier au bord des routes, un peu partout, près desquels épuisé je m'endormais. Ces aubes à la sortie d'un village qui embrasaient d'un coup, du côté de Salernes, une forêt de châtaigniers.

Je revoyais toute ma Provence, soulevée, brassée par cette voix. Cette Provence que j'avais tant aimée. Cette terre d'enfance dont je portais en moi chaque pierre, chaque rivière, chaque clocher, et le poids merveilleux de sa lumière.

La voix de Jessie Norman s'est éloignée, s'est éteinte. Un instant je suis resté immobile dans le silence, aveuglé de beauté.

Soudain une autre voix, plus timide, est entrée dans la cellule. J'ai ouvert les yeux. Dès le premier mot j'ai reconnu Laura. J'ai eu besoin du mur. Elle me parlait :

« Je voulais te dire des millions de choses et maintenant, toute seule dans notre appartement, devant ce petit micro, je n'y arrive pas... Depuis un an tu es là-bas et je ne peux pas te dire ce que j'ai souffert... Nuit et jour je suis avec toi. Jamais je ne me suis sentie aussi proche de toi... Quand tu sortiras, Ralph, je voudrais que tu sois le père de notre enfant... »

Au silence qui a suivi, j'ai compris qu'en deux mots elle était allée jusqu'au bout.

Je me suis approché de la petite fenêtre et j'ai appuyé mon front contre les barreaux. Des larmes de bonheur inondaient mon visage. Elle avait dit « notre enfant ».

Elle était quelque part dans les rues de Marseille, toute seule avec moi. Marchait-elle sur la grande jetée, le long des docks, en souvenir des premières années de notre amour ? Regardait-elle le soleil s'enfoncer dans la mer, comme une barque de feu qui sombre lentement près des îles ?

Le soir écrasait contre la faïence du ciel des poignées de groseilles. Derrière les murs, des hommes appelaient Dieu. J'avais sous les yeux l'ancien quartier des condamnés à mort et je vivais peut-être le plus beau soir de ma vie.

DU MÊME AUTEUR

Aux Éditions Denoël

LES CHEMINS NOIRS, prix Populiste 1989 (Folio n° 2361).
TENDRESSE DES LOUPS (Folio n° 3109).
LES NUITS D'ALICE, prix spécial du jury du Levant 1992 (Folio n° 2624).
LE VOLEUR D'INNOCENCE (Folio n° 2828).
OÙ SE PERDENT LES HOMMES.
ELLE DANSE DANS LE NOIR, prix Paul-Léautaud 1998.
ON NE S'ENDORT JAMAIS SEUL.

Composition Nord Compo.
Impression Société Nouvelle Firmin-Didot
à Mesnil-sur-l'Estrée, le 6 mars 2000.
Dépôt légal : mars 2000.
Numéro d'imprimeur : 50542.

ISBN 2-07-041363-2/Imprimé en France.

94879